照进彼此

马文秀——

著

百花洲文艺出版社
BAIHUAZHOU LITERATURE AND ART PRESS

走出老街口以后

——马文秀诗集《照进彼此》序

吴思敬

来自青海的回族青年诗人马文秀，2016 年出版了第一本诗集《雪域回声》。当时她还是个大学生，这本诗集洋溢着青春气息，把雪域高原、民族文化、乡村记忆糅合在一起，显示了诗人厚实的生活底蕴与无穷的创作潜力。此后，她把目光聚焦在离她故乡不远的一座百年藏庄。她曾五次走进塔加村，朝拜阿米康家神山，探寻这座古村落深厚的历史文化内涵，写出了 2500 行的长诗《老街口》，为青海这片高天厚土献上了一份厚礼。

2017 年，马文秀来到北京，从事与文化相关的策划与传播工作，并有机会到四川、山东、浙江、新疆等地学习与考察，大大地开阔了视野。首都北京的深厚文化底蕴、祖国各地的壮丽河山，极大地丰富了她的阅历，启迪了她的智慧，从而使她的诗歌呈现了宽广的视野和浓厚的现代气息。

"老街口"是马文秀诗集《雪域回声》中一首短诗的题目，也是她长诗的标题。如果把"老街口"看成是马文秀早期人生经验的概括与早期诗歌创作的标志，那么，收集了她近些年诗作的《照进彼此》，则可视为走出老街口以后，她对早期人生经验与诗歌创作的超越了。

诗集《照进彼此》显示了一个少数民族青年离开故乡，在一个更为广阔的天地里奋斗、拼搏后心灵的震颤与变化。整个诗集按所写内容分为五辑，分别以"奋斗者的存在""万物皆是路标""爱是血液里，生出的玫瑰"" 一匹马的自画像""通往时间的桥"为题。阅读这些诗篇，不难发现，比起早期创作，诗人的艺术天地开阔了许多，诗人的哲理思考深邃了许多。正像从高原流出的一条河流，冲破了险峻的山势，在平坦的大地上流淌，形成了"山随平野尽，江入大荒流"般的壮美景观。

打开《照进彼此》，扑面而来的是作者精心打造的一群奋斗者的形象。诗人告别雪域高原上的故乡，来到北京这样一座特大都市打拼。这里的一切都在高速运转，人们日夜在奔波："北京地铁 10 号线就如北漂者一样繁忙 / 深夜十点却成了下班高峰期 / 拼搏在大城市 / 昏睡在地铁上的青年……"（《坐在地铁上的赤子》）。诗人最为关注的就是这些与她一样的为了理想、为了生存而奋斗的劳动者群体，他们在漂泊中的坚守与抗争，他们不向世俗低头的骨气，他们崇尚自由的精神取向，深深地打动了她。在诗人看来，奋斗者的存在就是一个民族的风景。基于亲身的体验和长期的观察，诗人把零散的印象集中起来，在诗中创造了一个"夜幕下的骑行者"的形象：

骑行者挖出深埋心底的词语
尽管它们遍体疲惫，心事重重
却足以承载现实，他们炙热、鲜活的青春
透露出对生活的憧憬
…………

骑行者，在黑夜中画出两条直线
一条是生存的起点
一条是梦想的终点
…………

骑行者，用各自的语言
描绘城市的场景
等待红绿灯的瞬间，思绪
早已在波澜间书写不一样的心境
…………

每个人，一出生都在地图上
寻找一条走向内心的路
每一步的风霜，都记载着对梦想的执着
…………

唯有踏遍万水千山
才能看到走向明天星光中的清晰的纹路

（《夜幕下的骑行者》）

这个"夜幕下的骑行者"的形象来自生活，概括了城市中无数的外卖小哥、快递小哥等的生命体验，他们在城市的大街小巷中奔走，寻找一条通向理想，也通向内心的路，他们的执着、奋进，其实也正是在城市中拼搏的作者本人的精神写照。

诗集中的奋斗者是平凡的，但他们做出了不平凡的贡献。诗人对奋斗者形象的塑造，是立体的、全方位的。她善于运用虚实结合的手法，以实带虚，不只对这些奋斗者的事迹做真实的叙述，更注重对他们精神层面的开掘。

请看她这首《雕琢梦》，先从老木匠的高超手艺入手："老木匠雕刻木料／他伸展绳墨、用笔划线""他那双粗糙的手／让笨拙的木料开口说话"，进而展开联想，说他雕琢的成品"立在砖檐上／替他眺望远处的风景"，最后归结为："自然雕琢万物／也雕琢每个人的梦／老木匠雕琢岁月／也是在雕琢通往时间的桥"。由"雕琢木料"到"雕琢梦""雕琢岁月"……通过这诗意的跳跃，老木匠的人生境界得以升华，给人留下难忘的印象。

再如《落入凡间的塑像》，主人公是一位洗衣的女子，作者先从她的外貌、神态写起："戴草帽的女子／踩在一块石头上／将双手伸进飞溅的水波中""左手旁的竹筐／塞满了一家人的衣服／她躬身清洗每一处／连倒影都在忙碌"，诗人对这位勤劳、纯洁的女子充满同情与热爱，以至产生了幻觉："霞光落进眼窝／唯有金色水波／包裹着她，呵护着她／让她变成一尊／落入凡间的塑像"。此诗把一位洗衣女子写得是那么清纯，那么美，乃至把她想象为仙女"落入凡间的塑像"，这是对底层劳动妇女最神圣的礼赞。

此外，还有《渔网》中的"一张渔网，能网住过去 / 也能网住未来"的老渔夫，《沙漠之花—致和若铁路建设者》中的"古铜色的面庞 / 绽开了笑容"的铁路工人，《清洁工》中"手握笤帚 / 怀揣着对山河的爱"的劳动者等，均充满精气神，形象鲜明，构成了诗人笔下的奋斗者的群像。

马文秀曾这样表明自己的创作观，"古人云：'侠之大者，为国为民。'我所追求的诗歌创作导向不是贵族式的，也不是经院式的，而是接地气的，像杜甫一样具有深入民间的普世情怀……在近期的创作中，我将文字扎根于民间文化的土壤中，希望脱口而出的诗歌以不同层次的横断面、老故事、历史人物、民俗等等妙趣横生的叙事情节，展现给读者一个充满诗性的生活画面"。（《诗歌该具备什么因子》，《诗刊》2020 年第 18 期）作者这种面向现实、关注当代的写作姿态，除去塑造了面貌不同的奋斗者的形象外，还表现在其捕捉有特色的生活场面，这些生活场面经过点染与聚焦，焕发出诗的光彩。作者在北京上下班经常乘坐地铁 10 号线，这是一条贯通城郊各方向道路，输送乘客最大的环行地铁线。10 号线上拥挤的人流，打工者的不同身影构成了一个嘈杂的车厢社会。不过，诗人没有简单地、客观地把车厢中乘客被挤成沙丁鱼罐头的场面写出来，而是自出机杼，以一位乘客的眼光，算了一笔耗损的时间账，她精细地记录"10 号线拥挤的人流 / 所耗损的上班时间 / 以及等待每趟车的分钟数"（《10 号线》），这就是说，乘坐 10 号线地铁，拥挤、嘈杂的环境，都可以不计较，唯独时间的损耗才是让人最难承受的："如此精准记录下撒落的情绪 / 拉长独处与渴望自由的距离"（《10 号线》），这就把来自异乡的奋斗者对时间空耗的沮丧与无奈、对精神自由的渴望，真实地表达出来了，这样的艺术处理境界，正是当下一般的底层叙事难以抵达的。

诗歌创作的核心因素是语言。诗人与世界的关系，体现在诗人和语言的关系中。海德格尔说："诗的活动领域是语言。因此诗的本质、得从语言的本质那里获得理解"（《荷尔德林与诗的本质》海德格尔著，孙周兴译）。马文秀《照进彼此》所呈现的灵动飘逸的构思，是与她对诗歌话语的不懈追求分不开的。她有一种天生的对语言的敏感，善于通过语言展示自己心灵的走向："我却像个小孩 / 路过在草地上撒野的蒲公英 / 以为它长了翅膀，从这片草飞向那个原 / 让约定成为约定，/ 迎着风声，放纸鸢"（《迎着风声，放纸鸢》）。马文秀有自己独特的诗歌话语观："我所理解的诗歌的话语，向上可以接通神性，向下也接通人性，是一种多样和复杂的存在。在我看来适当的诗学素养，敏锐的语言能力，雅致的审美趣味，现代性与古典性交融的文学和文化眼光，这些都是诗人持续写作不可或缺的关键因素。"（《诗歌该具备什么因子》，《诗刊》2020 年第 18 期）

正是秉持这样一种纯正的诗歌话语观，马文秀近期诗作呈现了神性与人性相接通，传统与现代相融合，敏锐的感觉与理性的思辨相交织的倾向。被作者选诗集题目的《照进彼此》一诗，便显示了诗人在这方面追求达到的高度。

在峡群寺森林公园
我们彼此相望而不语
寻找着跟我们一样的草木

仰着脸，感受肆意的光
时而聚集，时而散开
彼此抬头的一瞬
静默而美好

我们追逐太阳的影子

亦是在追逐时间

光肆意穿透身体

在肉体表面闪烁

大自然这么多奇珍异宝

到底有哪一株草与我们相似？

或许，你我本是一束光

向下抓紧泥土

向上迎接太阳

能照进彼此

说明本身留有缝隙

这种缝隙是一种等待

足够一束光进入、温暖彼此

（《照进彼此》）

在诗歌的开头，诗人提供了这首诗发生的背景：峡群寺森林公园。因而我们可以从人与自然关系的角度进入这首诗。诗人来到森林公园，难得从拘囿自己的现实环境、烦琐的日常工作中解脱出来，与大自然契合在一起，进入一种物我两忘，自我与世界交融的状态。此时，诗人感受最强烈的就是光：在"仰着脸，感受肆意的光""光肆意穿透身体／在肉体表面闪烁"的同时，诗人似乎也被光同化了。"或许，你我本是一束光"，从而"能照进彼此""温暖彼此"。此时，诗人已然超越了有限的自我，进入了她在另一首诗《肆意的光》中所描述的"与自然同体"的境界，只有在这个时候，才算是真正领略到人生之美、自然之美，从而抵达人生的理想世界与精神的澄明之境。

现代诗打破了一个语言符号只有一重含义的时代迷信，可以让读者做多重的解读。《照进彼此》一诗，除去上述从自我与世界交融的角度来理解之外，我们还可以把这首诗看成是写爱情的，是对爱情的理解与思考。作者把它放在"爱是血液里，生出的玫瑰"这一爱情诗专辑中，而且排在第一篇，其实也正是认同这是一首爱情诗。但这首诗，没有当下某些爱情诗的直白与甜腻，而是把爱情比喻成"一束光"，男女主人公"相望而不语"，只是"仰着脸，感受肆意的光"，"一束光"透过缝隙，穿透身体，进而"照进彼此""温暖彼此"，这里写出了一种灵与肉交融的深入骨髓的爱情，诗人却以淡雅的、平静的笔墨出之，显示了一种高洁脱俗的审美情趣。

民族的血源，是奇妙的。民族特性在诗人出生之际就已铭刻在诗人的基因之中，此后在漫长的创作生涯中，它又在时时召唤诗人。黑格尔指出："艺术和它的一定的创造方式是与某一民族的民族性密切相关的。"（《美学》第一卷）作为一个来自青海高原的少数民族诗人，马文秀没有丢失她的民族特性，没有淡化她的民族情感。相反在这个新的世界里，正是她对家乡与童年的记忆与现实生活发生的碰撞，激发了她的创作激情，点燃了她创作灵感的火花。"一匹马的自画像"这一辑，是诗人的心灵成长史，其灵感的来源，正是在异地他乡所升腾起的童年记忆。簸箕湾是诗人出生的一个小山村，其形似簸箕，封闭、贫瘠可想而知，但是在漂泊的诗人心里，簸箕湾却充满了童年的欢乐与仙境般的美妙：

> 簸箕湾足够小
> 小到站到山坡上
> 能听到每一家的喜怒哀乐
> 簸箕湾足够美
> 山坡青翠，溪流温婉
> 抬头望着皓月寒光
> 也能吟出浪漫的诗句

（《簸箕湾》）

很明显，这里的簸箕湾，其实已不是当年故乡的写照，而是经过诗人心灵的过滤，融入了诗人美好想象的产物。在这一辑中，她还写到自己的母亲、父亲，写到自己的出生年月，写到一个漂泊在外的女儿对父母的亏欠："漂泊在外，父母生病／伸不到一双照料的手，亏欠就越深"（《亏欠》）。这样，一个"相去日已远"的游子对家乡、对亲人的刻骨思念，也就真实地呈现在读者眼前了。

最后要说明的是，这篇序文之所以用了"走出老街口以后"这个标题，除本文主要是阐明马文秀在完成长诗《老街口》以后创作的拓展与新变外，同时还希望阐明，在一个开放的社会当中，少数民族已融入到现代化的浪潮之中，现代化的生产方式与生活内容，使年轻一代少数民族诗人的写作不再同于他们的前辈，而呈现了开放性。他们越来越多地走出了故乡。对这些诗人来说，如何在坚守自己民族传统、保持自己民族个性的同时，敞开胸怀，拥抱更广阔的世界，把自己的诗作融入当代的文化圈之中，这是一个不容回避的话题。在这点上，马文秀做出了自己的尝试和努力，这也许是这本诗集更重要的意义所在。

2023 年 3 月 11 日

目录

第二辑　万物皆是路标

第三辑　爱是血液里，生出的玫瑰

第四辑　一匹马的自画像

第五辑　通往时间的桥

后记

第一辑

奋斗者的存在

高更最后的大溪地

胸腔的色彩，世间的繁华
皆敌不过一场流浪
抛却妻与子，走向荒野异域
将沸腾的血液融进激浪
咽下亲人最后的啼哭声
横渡太平洋，简化
茅舍、玫瑰，还有丰硕的女人
让原始的欲望离呼吸更近
八荒之外追逐另一个影子
而画笔稀疏，浓淡在纸上恣意
交汇的色彩
像极了凯旋者
却掩盖不住骨头撕裂的声音

留下遗憾的人

留下遗憾的人，躲进夕阳里
生怕一个背影甚至比河流还要湍急

向前，听不到孤独的风
狂舞在夜幕中，抛空目光所至的事物
向后，寻不见一种思念的人
起身走向晚霞更深处

铺设在床前的沉痛
连缀着词语衍生出的故事
站在河对岸的老人
再难以等到一个波澜起伏的夜晚

被隐去的疼痛
像极了泪珠状的心事
汇集在一起，弄湿了枕头

哈拉库图

一

行走在哈拉库图
风中的暗影
停留在老土墙上
也钻进饱经风霜的面庞
站在墙头远望
有哪棵树能保持挣扎后的尊严？
诗人们循着
昌耀曾经放牧的地方
寻找、思考，试图用
此刻的语境，诠释曾经的生活
让昌耀多年背负的误解
顺着西北风
彻底被解开，让惆怅的诗句
不在等待中落寞

二

城墙之上，诗人们争相
站在最高处合影留念

或许此刻高原更高处
能接近昌耀诗中的神性
从土城墙遗址往下走
我与诗人远村迷了路
绕着村子寻找诗人的影子
一圈接着一圈，走进
诗意的迷宫
却又像是诗人昌耀
变着戏法在挽留我们

手

二十多年来
与无数双手相遇
手如波浪
一浪推着一浪
向前翻滚

每双手，写满
年龄、性别与经历
有时甚至比眼神更加真实
无法去伪装

我相信每双手的主人
也曾站在时间的维度之外
举起山河日月
猜想过无数种宿命
却早已在内心筑造
自己的版图
甚至筑造子孙的版图

转眼，回想父亲
他手中的掌纹

如走过的每一条路
交错的纹路
深刻而倔强
记录了他如何在险境中
不忘寻找远方
将曲折之路走成宽广之路

灯盏下的预想

日子匆忙，一些温暖无法抗拒
端详一幅画：湛蓝下的静谧，归去
沉思，等待阿伯的前方

喂饱的老牛，醉入迟缓的步伐
老树摇曳，落叶圈出大雁的尾巴
东、西、南、北，猜想一种远去

擦干那双落满雨的老皮鞋，晒满阳光
灯盏下的决定，足以安抚内心
忘却一切，带走自己
或许，明天我也要出发

羊皮筏子

黄河边，坐满手艺人
他们的双手
在落日下格外精巧
才华隐约在光线中
似乎要挖掘出
一条属于自己的河流

制作羊皮筏子的人
眼里满是生命茂盛的状态
双手藏着破浊浪的决心
他抬头微笑
以爽朗的嗓音
讲述羊皮筏子的历史

划着羊皮筏子的人
用动情的山歌
拼命在黄河的险滩中
凿开了一条路

朝圣者

冈仁波齐峰下，诸多的夙愿
被风铭刻在峰顶

满天飞雪却不曾惊动
叩拜的老妇，她双手合十
俗世的举意高过头顶
在双手间滚烫

初冬带来的朝圣者
行数千里
匍匐于沙石、冰雪之上
眼里看不到风霜
被风吹起的辫子
早已在飞雪中变得花白

这片土地之上
有人看到印满的脚印
远比神话真实
行走的虔诚如同空气一样
过滤了浮华

落入凡间的塑像

戴草帽的女子
踩在一块石头上
将双手伸进飞溅的水波中
打捞生活不小心丢失的月亮

左手旁的竹筐
塞满了一家人的衣服
她躬身清洗每一处
连倒影都在忙碌

在这片土地上
她用心扮演着每个角色
上衣皱褶处的阴影
似乎倾吐着她的贫瘠

霞光落进眼窝
唯有金色水波
包裹着她，呵护着她
让她变成一尊
落入凡间的塑像

奋斗者的存在

奋斗者的存在就是民族的风景
思想延伸过的地方，气息也在
那些年黯然伤神后的无奈
也夹杂在急促的语句中

"温暖"也是一个需要拥抱的词
它挑剔、任性，甚至蛮横
将美好汇集在一起，让它们跳起舞
或者跟对面的奋斗者惺惺相惜

寻找一汪清水，映出玫瑰的妩媚
多年后他已放下尘世的纷扰
以鹰的姿态入世
试着用不可名状的事物
罗列一张张面孔

血液里的秘密在流淌
眼神是审视后最诚实的阐述
我在星辰下等待一个智者的回应

祷告者

疲惫逃出体外
在夜色中忍不住咳嗽

虚脱的体型像极了孤独的孩子
一步比一步浅
此时，谁还会记起那个
隐于字里行间的祷告者？

穿透手帕的血液
张牙舞爪似乎在宣告一场战争的开始
整装待发的五脏六腑
开始窥探、搜寻、回望

月色下潜伏的器官比寻常更加团结
对抗这一声比一声重的咳嗽
似乎此时多余的殷勤
能换来片刻的安心

他们任性，苦恼，反复试探
在祷告者的体内
展开一场场激烈的讨论
仿佛要合力托起祷告者的灵魂

祷告者窜出体外的声音
惊醒了寂寞的星空
一睁眼便撞见了东方羞涩的红
宛若情人的脸
一眼便听到信封里未说出的情话

秋天开始沉静
那些手掌中拂过的叶子，正在低落
一片片，不断变换姿态
就像一位祷告者

走过的路，说过的话
甚至身体躬行处轻微的颤抖
像极了远在家乡的父母
为那些背井离乡的孩子祈祷
将多余的声音遗留在梦中

不要轻易做一位祷告者
就算春天再过于缤纷
悄悄将那一刻，放在足下

艾青故居

在艾青故居
嘎吱作响的楼梯
是通往时间的内核
沿着诗人成长的轨迹
找寻岁月苍茫处的痕迹
傅村镇畈田蒋村路的纵深感
拉长了历史
每个人的过去都是一种谜
总在时间的镜子里寻找自我
诗歌的抽象不在于形式
而在于被解读
自幼到老每个人都是一首诗
等待着被解读
与诗句相遇
如同与人相遇
是一个双面的命题
被挖掘的过往
定有存在的价值

水稻仰起头
——致袁隆平

一粒稻子沉睡，唤醒

无数稻子

在离别之际

所有的稻子仰起头

有了新的名字

逆风飞奔呼喊着袁隆平

携带着稻香站满了大地

此刻它们都是袁隆平的孩子

赋予其生命的人

头枕着稻穗与世长辞

在笑容中等待稻田的奇迹

岁月无法遗忘走过的路

您所有的沉淀

皆为普通人能吃饱一顿饭而努力

茶客

在华夏进士第一村
品一杯茶的气质
将自然万物囊括于此
芽叶汇聚天地灵气
叶脉藏着采茶人的心血
啜饮一杯茶，在月光下
静听春雨拂过茶叶
一杯茶让距离不再遥远

我是一位茶客
在天地之间饮一杯双井茶
与大地、山川赏读欧阳修的风骨
在一杯茶的时光里
望见了岁月褶皱处的守望
浮在杯子里的叶片
承载着风调雨顺
也绽放着修水人民的笑容

渔网

在海边小镇
失眠的老渔夫
借着墙壁上昏暗的光线
编制渔网

他的双手在忙碌
网梭和线交织的速度
胜过深夜心跳的速度

他在娴熟的动作中
将过往与心事
反复压缩、折叠
以最不起眼的方式
藏进渔网中

或许，在他的生命中
一张渔网，能网住过去
也能网住未来

黎明的大风中
老渔夫用尽全身力气
抛出渔网
网中的孔刺破光线

奋力向上
起、落，连贯的动作
装满欲望

江面上溅起的水花
正如生活中数不清的哀乐
也成了他网中无形的鱼
网落在水面上
渔夫的心也就静了

雕琢梦

老木匠雕刻木料
他伸展绳墨、用笔画线
熟练的动作
在纷飞的细木屑中
记录时间的章节

七十年来，老木匠
用一块块木头搭起了梦
将生活的热情
倾注在轰轰的打磨声中
他那双粗糙的手
让笨拙的木料开口说话
说出古建筑的美

他雕琢的古建筑
立在砖檐上
替他眺望远处的风景

自然雕琢万物
也雕琢每个人的梦
老木匠雕琢岁月
也是在雕琢通往时间的桥

诗人遇到酷暑

酷暑让日子变形
扭曲的形态已辨不出真假
远看一些事物，虚幻而超现实
赫然立于北京街道左右

此时再怎么殷切，笔下
终究盼不到一场雨
唯有蚊子与炎热，让酷夏更加喧嚣
迷失在城市的燥热中
纳凉的人群
早已排好队——等待

匆忙、焦虑，刻满诗人的面孔
而桌面一沓纸，几近荒芜
再也看不到句子的光泽
索性斜躺在诗句中，轻轻剥开
艰涩的词句，看着诗情画意——裂开
像极了姑娘的青春，绚烂而短暂
而忠实的读者却无法得知

奔波

清晨的阳光，照耀着奔波的人群
照耀着世间的喜怒哀乐

一缕照在女人的脖颈处
隐约的皱纹，激荡成一条河
撞碎了青春的梦

一缕照在男人发福的腰身
听到疲于奔命的背后
有柴米油盐叮当作响

唯有嬉闹的孩童
将俗世的欢愉撒向天空
过滤了苦痛

成年人挣扎于隐秘的岁月
奔波让梦有了逃亡的缝隙
于是，纵览山河
发现宁静处的自己才够真诚

生命赠予的惊喜，不需要
刻意仰望，有时就在足下
迈开步子即可

清洁工

清洁工穿梭在街头巷尾
从寂静到喧闹
从喧闹到寂静
他们面孔收纳的词语
从不刻意去铺展

在寂静与喧闹间
橙色的衣服紧贴着脊背
背上的汗珠
让小麦色的肌肤
看起来无比结实
成为清扫道路的力量
成为家族寻找出路的支撑

他们手握笤帚
怀揣着对山河的爱
在宽广的道路上
希望在清晨与深夜间
清扫出更多可能性

坐在地铁上的赤子

中年的疲惫
撒满了夜晚的地铁
未知的宿命彳亍在胸口
试图去隐藏所有故事的交汇点

北京地铁 10 号线就如北漂者一样繁忙
深夜十点却成了下班高峰期
拼搏在大城市
昏睡在地铁上的青年也是家庭的支柱
臂膀上流淌的汗水也曾芬芳过亲人

坐在地铁上的赤子，将光阴里的故事
悄悄放在足下，能走多远就走多远
或许，这千里之外能解开枷锁
那就做一阵风
给足自己一只雁的柔情
划过季节的苍茫
走向一个家的方向

拍影子的人

跋山涉水的人
将自己的足迹挤进光线中
再进行排列组合
拍出的照片光线微暗，画面拥挤
甚至略显突兀
却只为留下自己的影子

喜欢拍自己影子的人
时刻在寻找远方
甚至怀疑自己所走的路
也想去云霓之上
遥望自己的前半生

光在流淌，心在追逐
袒露内心的事物
不停游走于画面
泼散内心的赤诚与隐秘
所有说不出话的事物
皆在表面堆积情绪

父与子

琥珀色的黄昏下
一对父子在海边踱步

彼此含糊的语言
包含细碎的心事
像地上的脚印一样
串在父子的身影之间

父亲似群山和河流
话音中带有阴郁的鼻音
他深情的面孔
时而深沉，时而忧郁
小心翼翼为父爱做隐蔽的标记
父亲想要为儿子制造惊喜
内心却藏有孤独的谜团

光在摇晃
岁月的钥匙逐渐缩小
有时不是所有的谜底都有答案
有些成长过程一旦被错过
翻遍记忆，连模糊的身影
都无法找寻到

孤岛

一张竖琴，立于旷野
琴音包含着烈日、孤寂与风暴

琴人沉静的神情
早已将不能说出口的秘密
沉在心底
成为一座孤岛

不再期待谁的到来
好似曾经谁也没有来过

失眠的诗人

焦虑，难以规避
打乱日常
奈何尘世琐碎，从连接
情绪的线条上——断裂
失眠成了诗人的常态
夜是沉思的一种场域
独处的星光，变成了
自己的喧闹
语言在此可以省去，任其
在空白里发酵
诞生，属于春季的意象
以蝴蝶的姿态
钻进土壤将悲苦幻化成诗

沙漠之花
——致和若铁路建设者

沙漠之花蜿蜒千里
聚集世界的目光
无数古铜色的面庞
绽开了笑容
他们是沙漠铁路的建设者

焊花飞舞
他们以抵挡风沙的决心
挑灯夜战
让坚守不再成为浪漫的传说

沙尘烈日下
辛勤的建设者怀揣家国情
防沙、固沙、斗风沙
黄沙尽头，他们埋下了绿意

栽种胡杨、梭梭树、红柳
一步接着一步
以万里长征的决心
在塔克拉玛干沙漠留下他们的脚印

相信幼苗会顺着脚印

以中国速度生长

挡住快速移动的沙丘

扎根大漠深处，守卫这片热土

速度与浪漫

——北京冬奥会

生命的旺盛
总以千万种姿态绽放

花样滑冰让炙热的灵魂
在旋转中，拥抱
从心底生长出的力量

起跳、落冰，继而
在空中旋转
忽如展翅的信天翁
忽如并翼飞行的比翼鸟

利落的动作
总以深情的步伐
在冰面上舞出血液里的激情
舞出奥运精神与力量

当世间的奥秘
来不及用语言去诠释
那就用速度在冰面上
寻找充满力量的瞬间
让惊喜一次次闪现在观众的眼窝里

走出了一个时代

车流的喧嚣
躲藏在雨的寂静里
唇齿间，慢得只剩下此刻

陌生人的朗诵会聚满人
一首接着一首的诗
温暖古色的巷子

未调色的故事，适合讲给朋友
彩虹出现前守住所有的寂静
并行的诗人们，朝巷子外走去
走出了一个时代

一座灯塔，屹立在祖国的海角

——致敬"中国好人"王健

一座塔，一对父子
接力守护红色灯塔 52 年
为往来船舶保驾护航
让世界看到一束从临高县北端
三面环海的岬角上发出的光
这束光穿越时空，穿透黑夜
凝聚了两代人的青春与汗水
书写出红色灯塔的传奇
记录我国航海事业的发展与进步

每个人的心中都有一座灯塔
点亮灯塔就是点亮希望
父亲王光民在夜幕中守护灯塔
光芒为航行的船只指引着航向
给了航行者披荆斩棘的勇气
也在儿子王健心中埋下火种
让他成为新一代追光者
不畏惧风雨守护灯塔 19 年
每天爬两遍 22 米高的灯塔
保养灯塔灯器
成为新一代红色灯塔守护员

传承灯塔精神
让一座灯塔，屹立在祖国的海角

这座红白相间的灯塔
装下王健海口航标处的日常
迎着夕阳，牛眼灯发出夺目的光
照亮了他的人生航程
让他有了海洋的热情与宽广
顺着每一个波涛
他的梦有了海洋的广度
追随与守护着每一位航行者
他相信灯塔能照亮光阴
让黑夜明亮，也能照亮无数人的心
无论走多远，顺着光便找到内心的方向
平安抵达最想去的地方

新年寄语

2023 年的爆竹声
将打开所有的困局

让梦想再一次生根发芽
新年的词典里
就该让所有渴望的事物
在五指间裂开花
让香气铺满美好人间
收获不言而喻的幸福

想在新年大雪中
与思念的人见一面
用拥抱告别昨天
让问候不再遥远
相信埋头向新年走去
每走一步，离光芒更近

生命的无数呈现方式
不在诗人笔下
而在寻找出路者的面孔上
他们相信 2023 年
天空、大地、河流是新的

新年的每一页日历
都将写满心愿与祝福

相信在大自然中
站立的姿势也是一种绽放
以新的状态迎接新年
相信一生中的机遇，往往
在不经意间
寻找太阳的方向
相信在时空深处
遇见新年预留的挑战与惊喜

第二辑

万物皆是路标

野牛图

闯出的那头野牛，撬开了
阿尔塔米拉山洞
这狂妄的家伙，究竟是谁家的？

西班牙居民，慌了神
古老的巫术情节
正如万年的洞穴，野性高于万年

躬耕荒山的背影
再一次被这兽群唤醒
绕过赭红、黑色，还有褐色、暗紫色……
洞穴壁画蔓延出一种香火味

血脉里，生出的明媚

轻叹，三月刺眼的春风
拖长一场相遇
亭台楼阁处，酝酿的话语就像旧镶板
简陋足显单薄，不该预留给英雄

低眉，含笑在古城深处
街头巷末，深思一场宿命中的相遇
走过苍凉的大西北，遇见富有风情的南诏国
帅府遗址前，血色历史的沉痛，融入
一句"色俩目"的问候中
此时：留下两个回家的文秀进行对话

夜沉，月光瘦
所有的举意高过头顶
为眠息的英雄，留下大西北同胞的问候
俊英杜文秀，你是回族血脉里生出的明媚

平安辞

一

新年第一站抵达平安
与故土相拥
才明白生命中所有的隐喻
不如一生平安

在平安所遇的迹象
皆是祥瑞
明代的古寺前
凤凰祥云张开双翼
以高空的磅礴之气
喜迎四方来客

一束光芒
照耀在古寺上空
唤醒楼上的白鸽
成群环绕着古寺
在扑闪的双翅间聚拢阳光

似乎想以奔赴
汪洋的力量
争做古寺的信使

二

古寺前，225 朵花
以盛开的方式
将祝福雕刻在砖雕上
赋予河湟谷地祥和
看得出能工巧匠们
面对时间的沧桑
足以深情

借着晚霞
将耀眼的词语
隐藏在寓意祥瑞的图案中
让吉祥环绕着古寺
等待千里跋涉的诗人
怀揣着平安走来
寻找花一样的诗句

在起伏的词语中
让时间的证词
激荡在湟水河畔

呐喊

不同方向交汇出的色彩
不停朝上攀爬，嘶叫，追逐
是一团火燃烧另一团火
是一声呐喊寻找另一声呐喊
听不到回声，比离群的乌鸦还要疯狂
涌动出的香甜是种奢侈
薄而轻透，让孤独的人笑裂了嘴
此刻，夜色已丢失一个名叫"寂静"的词语
那燃起的晚霞
再也无法拼凑另一个近义词
赠予这大地

季节的锋芒

北平的秋季，聒噪外的干燥
点燃相互交织的情绪

芦苇奔涌
在旷野与风相对
那些缠绕在枝叶间的力
消隐于纷繁中
却紧握绚丽绽放的主权

风中站立的人
等待着万鸟齐鸣
抬起头，所有色彩瞬间燃烧
重叠处，向你我招手
芦苇灿烂了时光
也灿烂了内心

季节的锋芒
从不会引起人的嫉妒

在夏宗寺，与文秀相遇

冬的光影
在大山的腹地
为天涯相隔的人制造奇遇

我在悬崖峭壁上
寻找属于夏宗寺的神话
在寺院僧人端来的一杯
酥油茶中，望见了
另一个文秀

他在寺里修行
面孔上写下清净
我在人潮中修行
以自然为镜，抵达世界

在天地的掌纹中
感慨缘分如此奇妙
总给探寻者预留惊喜
寻找灵魂之美

夏宗寺以太阳的光泽
让修行之人
在山水的浩荡间
走向内心

10 号线

独处，从不带情绪
不会任性、妒忌抑或
指责世间的不公
喜、怒、哀、乐，皆成景

而对被自己耗损的时间
却无比吝啬
清晰、详尽地记录着
无数个脚步迟缓的缘由
譬如 10 号线拥挤的人流
所耗损的上班时间
以及等待每趟车的分钟数

如此精准记录下撒落的情绪
拉长独处与渴望自由的距离
周而复始，正如异乡人的漂泊

晚婚与催婚

词的创造者
是否想过那些遭遇歧视的词语
也是她子宫孕育的孩童
却在凄寒与迫害中度日如年
警醒，晚婚遍布目光所及之处
在催婚的逼迫下，晚婚词色甚弱
不堪凌辱
晚婚与催婚如街头巷尾的患难胞体
造词者的纵容
却如此滑稽
偷来黑色的外套
趾高气扬宣泄着欲望
不惜榨干仅有的优越感
若无情绪因风起，唯有偏爱皆毒瘤

藏羚羊

夜晚的卓乃湖
将苍凉挂在藏羚羊身上
让它们四散奔逃
将孤独感分散给荒野
抬头遥望夜空
不知是否会有一种声音
抵达荒野深处

面对离散的同伴
一只藏羚羊
兀立于大地之上
进与退，皆在荒野
这多像此刻的我
漂泊在人海，目光所及处
皆是流云

或许，唯有等待的灵魂
在红尘相互守望
才能点燃彼此的梦

猫

一

清晨，站在窗户上的猫
突然转头

在不可测的表情下
一边舔爪，一边喵喵叫
隐藏与生俱来的机敏

猫的步子懒散
却能丈量猎物活动的半径
也能在晃动的影子中
捕捉内心

就像我伏案
在白纸上寻找恰当的词语
写下激烈而绚烂的句子
捕捉时间的踪迹

二

一只暹罗猫
在书桌旁打哈欠犯懒
低头，半闭着眼舔毛

似乎以柔软的神态
钻进我的诗句中
在词语间来回躲闪、嬉闹
就像躺在石头表面晒太阳

以猫的面孔
在文字间，嘱咐我
心事不宜过分袒露
于阳光下以最好的方式
成就自己

鹰

日暮下，鹰以飞翔的姿势
渲染四季

它们从沙漠、树林、高山、草甸
奋力起飞
借着火烧云的奇观
在高空盘旋
一圈又一圈
密密麻麻飞成一张巨大的网

群鹰盘旋的轨迹
没有形状
却收拢了苍穹下
所有的孤独

深夜，很少听到鹰
连续抖动翅膀的声音
只有它们发亮的眼睛
格外突出
似乎在猜想银河的奥秘

夜莺

夜莺的歌声
以玫瑰的形态绽放
试图，掩盖城市的喧嚣

婉转的歌声
藏在夜幕中
一寸一寸向上
借着微光寻找栖息地

一只孤独的夜莺
停在黑夜的翅膀上
眼里藏着火焰
身影消瘦成一朵玫瑰
却仍在时间中寻找答案

火烈鸟

火烈鸟在海面上觅食
顺着夕阳
扯出斑斓的水波

独脚站立
将玫瑰色的光影
折叠在羽毛间

留白的海面
只剩下孤独的词语
滚动在银色的波浪中

两只火烈鸟不愿离去
在倒影中守候彼此

渡河

一匹白色的老马
抖动着鬃毛
沿斜坡而下
在漆黑的夜里渡河
身体与湍急的河流对抗
只为寻找曾在旷野中
丢失的孩子

星辰早已遍布
特意在生命的图景中
安排乌云与波涛
挡住一匹老马的寻子之路
有时候并不是惧怕
夜的降临
而是怕在漆黑中
找不到自己的影子

在升腾的薄雾里，与激流为伴

独自，轻舟渡
行人车马，往来其间
板桥寒泉，闪耀而虚幻
风光余韵后，略去水声、人声、骠马声
想起：青龙白羊激战，羊鸣龙吟之声不绝的传说
峻崖深谷处，龙羊峡在升腾的巨雾里
极目远眺，触及脚底坚硬的花岗岩
激流中架起彩虹，将富饶撒向贫瘠
尽展，亚洲第一大坝的气势

洱海月照苍山雪

一

浪沫里，略去辞藻
风花雪月足以横行
此时，我们是新娘
卧水之上，掩映繁花绿叶
从洱海到苍山，云雾里绽放的杜鹃花
是盟约，苍山可鉴，洱海可听
花谢留得故人心

二

你说你要做一回古人，泛舟
一亩荷花，十里芳香
拉长，都市颓废的美感
高高耸立在苍山顶端
将那份热烈收入囊中
对话，远去的自己

双井茶

一轮明月，勾兑
双井茶的前世今生

在修水我们试着采摘
春天的秘密
将自然的喜悦放进一杯茶中
在茶汤中遇见历史
在唇齿间回味汤色

遥远的传说
藏在采茶人的双肩
一杯茶携带苍翠
让季节从此岸到彼岸
清茶一杯便可渡过喧嚣

石鼓书院

中国最古老的一座书院
诗书翰墨的馨香
流淌在三条大河之中
浪涛，澎湃着鼓声

一千二百年过去了
多少文士，登临石鼓山
又有多少学子
顺江而下，光耀中国

再美的导游词
不如韩愈的诗歌抵达人心
秋日纷飞的银杏叶
让古城衡阳，在风中格外生动

坝锁黄河，高峡出平湖

北方的深秋，其山多堆阜
乘船绕行古木结林，飞流千里
如闻其声
峻险的茶纳山、连绵的莽原
是巨大的画幅上漂浮的色块
苍穹碧野间，龙羊峡分置于
山石、云雾和急流之中
浓云翻滚，如墨龙于云中若隐若现
扭动，颀长的龙躯搅动着黄河
疯狂舞动在狂野奔放的画面里
锁住黄河的磅礴之势

石头

云雾之上，谁的心事
还未消散？
像石头一样沉默

一块石头
一半在水中
一半在烈阳下
兼具刚柔

石头携带很多词汇
坚硬的、柔软的
所有的词汇在某一瞬间
集中在同一块石头上

石头的裂缝
有着千年的倔强
在河流的交汇处
吸收众多声音
这些声音四散开来
吸收宇宙的精华

一扇窗

人世间
喧嚣的形态各异
一扇窗隔开了静与闹
站在窗边向下望
既有江湖又有远方

一轮明月
将黑夜分开
缔造了诸多神话
让心底的波浪随意伸展
绕着月色向上

当情绪席卷生活时
即使说出再多的话语
嘴唇的形状
并不能决定
说出话的重量与真伪

很多时候背对喧闹
独自遥望云中的闪电
也是一种智慧

缅怀的方式

每到清明节
漂泊在外的人都在感怀
回忆从古到今的祭奠方式
将它们依次排列，正如那些离世
亲人的名字

漂泊者，照耀明月
让缅怀的方式更加具体
焚化纸钱，将人间的烟火味
带给远去的人

醒，是故乡的沉重
凄风苦雨下，形单影只
他们的马不会在奔波中孤独

初春生长

鸟鸣声，藏在山川河流间
呼唤春的到来

斑驳的光影投射在画架上
让初春生长的意象
在画家饱满的笔触下
找到绽放的理由

暖阳下，笔墨肆意
内心的浩瀚与磅礴
在纸上跌宕起伏
如一声鸟鸣，追逐另一声鸟鸣

囊括一切希望，将春的讯息
带到祖国辽阔的疆域

初秋，一切收获争相比较

重复的情节，无意趣
花朵过于仓促地绽放
篱笆隔绝了冷暖锋缔造的新事物
篱笆内的争奇斗艳，不过一场追逐、嬉闹

午夜嘴里溢出的甜蜜，描述为粮食
除了稻草干、玉米香，其他的词组不易四处宣泄
这始终是一个收获的季节

丰收者的帽檐是向上的，雨水也打不到脸上
汗液交织下，不再思考粮食之外的事情

哪堆草垛比较丰实，主人必定英俊
分不清的伪命题
快了快了，一切的丑恶争相暴露
拼凑出的故事，竭力让良知不泯

试探一朵莲的娇羞

如果说古老是一种权威
那么信奉者必想觅着遗留的迹象
走街串巷释放一种贪欲
唾弃胡同里异域风情的店铺
以及排队购物的游客
直奔纵横巷陌
假意带着同行人领略风情
却充满夸张地画起自己的痕迹
让唇齿间的词语穿越古今
借着倾听者的崇拜
顺势，处处留情
借机试探一朵莲的娇羞……

等一场，初夏

这座城市是矛盾的
三月的日子里，透过帘子雨雪霏霏
猜疑的路人神情恍惚

习惯，一种阳光明媚
即使鸟语花香推迟到达
臆想一种属于初夏的场景
荷塘、船只还有数不清的炎热

温暖将春天过成冬天的孩子们
习惯了被省略的日子
转身，追溯一场呓语中的季节

收起风筝，光个膀子跳入黄河里
粉身碎骨的激情
渗入波涛，游向河对面

烟雾

在爬上墙壁的夜色中
一炷香突破火焰向上冲击

香炉的烟雾，柔软无比
却冲破层层阻力
撬开坚硬的内心
柔软的事物
也有刚强的一面

时间的碎片拼凑不出过去
而我们却那么固执
与内心较量
与时间较量
始终在与日月相争

相对而坐的人
目光中储藏着火焰
以烈焰的语言
书写此刻的心境
火焰深处是内心积压的深情

树洞

树枝上的裂缝，藏有
树的秘密

善于隐身的树洞
收集了四季的声音
容纳人世间被囚禁的情绪

用落叶铺垫情绪
在辽阔的美景中做下标记
百年老树错乱的纹脉
将欲望装进树洞
封锁在冬季

白沈河

在夜晚的白沈河边
我看到了爱情的影子
他们挽着胳膊要从今夜走到明天
似乎要走到白头
所谓的漫长，不过是一句话
在等待另一句话
时间的光泽
隐藏激烈的情感和内心震荡
遇到一张纸，便肆意生长
倾吐苦涩的心事
于是，空白的纸张
在夜晚微弱的灯光下
孕育一首诗
永远留在平安冬季的夜色中

春天足够慷慨

风灿烂了春
长城内外拔地而起的美
肆意而张扬

沿着山势继续往上走
麻雀在草木间跳动，提炼
春的气韵

风卷裹着鸟鸣声奔腾
让春的词典拥有更多生命力
去思考世间万物的缘由

花朵澎湃，互相追赶
春天柔和的部分，被登长城的人
珍藏于心

她们说春天足够慷慨
让鸟鸣、花朵、绿叶丰盈空白的日子
让潜藏心底的希望，近在咫尺

以汝瓷为脉络

宋代的窑工以汝瓷为脉络
生出热情、专注，将誓言藏进窑火
融进天蓝、月白釉色的汝窑中

烈火下，他或许构想过宇宙的浪漫
甚至将其渗透冰裂细纹中
千年后，釉面隐现的光泽
柔美而含蓄

汝瓷的闪光点，源于被赋予爱
烧制工艺穿越千年
依旧饱含温度
双手携带的神秘用语
点缀出逝去的岁月

通透之美，在火焰中开裂

宋元何堂窑址的碎片
即使破碎也没有失去棱角

横七竖八摆出历史变迁
一捧泥土背后有沟壑纵横
也有青瓷破碎后的空灵

碎玉层叠，切口撞击出
一种力，借助力釉质开口说话
说出天青色，破裂后的诗意
说出窑工内心的纯粹

一种通透之美，在火焰中开裂
那是锤炼后的涅槃
却再难以找到相同的纹路

三月桃花雪

三月桃花雪，将春的柔美
遍布汝州大地

飞雪溅在汝山奇石上
溅出桃花千万朵
嗅到春的气息，千年荒山醒了

飞雪撞到窑火上
撞出汝瓷开片的声音
清脆之声穿过宋、元、明、清
落到一朵紫荆花上

花瓣纹路细腻，如同汝瓷胎质
用细腻包裹尘世的匆忙
穿过春的朦胧
留一抹朱红在心头

第三辑

爱是血液里，生出的玫瑰

照进彼此

在峡群寺森林公园
我们彼此相望而不语
寻找着跟我们一样的草木

仰着脸，感受肆意的光
时而聚集，时而散开
彼此抬头的一瞬
静默而美好

我们追逐太阳的影子
亦是在追逐时间
光肆意穿透身体
在肉体表面闪烁
大自然这么多奇珍异宝
到底有哪一株草与我们相似？

或许，你我本是一束光
向下抓紧泥土
向上迎接太阳
能照进彼此
说明本身留有缝隙
这种缝隙是一种等待
足够一束光进入、温暖彼此

一眼梨花，眸光中尽是诉说

鸟鸣声，滑过苍茫
是冬的延续

声音越过山脉
融化雪线处最后遗留的微寒
气息延伸，翻新出的花朵状
是莺歌燕舞

在枝头绽放三月
芬芳的，胸口升起的羞涩
足以停留，一朵花

一眼梨花，眸光中尽是诉说
滑落的相思
是梨花树下的闲庭信步
是相思难忘后，提笔油灯下

映出你的脸庞，随着雾气躲进花苞
芬芳枝头，无数家
只为一夜梨花白

爱是血液里，生出的玫瑰

初融的薄冰，撕裂疼痛
在升腾的薄雾里，与激流为伴
只为，一场相遇

低眸、含笑， 缘分随着一场春雪而至
爱是血液里，生出的玫瑰
在前定里，我们都是含苞欲放的花朵

你是，从撒马尔罕走来的英雄民族
于波涛之上，唱响黄河花儿
情传四海的嘹亮
响彻，九曲第一湾

牛皮筏子里激越的你
复述骆驼泉的故事
将一股柔情，安放在黄河吊桥里

华灯初上，漫步
从黄河走到岸边，从岸边走向黄河
将每个脚印，走成故事
将春季的明媚留在撒拉故居里

谎言里，幸福成花

伏笔，凸显一场绝症
和平化的分开，连亏欠都可以被诗化
隔着屏幕，情节的编造比小说更虚拟
谎言就如裂开的石榴，在收获的季节
过于突兀
身在天堂，心在地狱
修饰困境，你模仿着死期将至的痛苦
嗓音、眼睛、双腿……你残废主要的器官
且都在你的文字下苟延残喘
戏剧化的掩饰，太过于精心
谎言里，你幸福成花
我望向残荷里双栖的鸳鸯
终于，狠下心！
删除你设置情节的文字，抛却，攒满的情义
裹紧风衣，走向风口
看到咧歪嘴的浮沉，蜂拥而至
不，尘埃终要落于地面
悬浮，不过是假象前的喧闹
分开的结局，你不该诬陷给命运

边缘的光芒，无比妖娆

万物野蛮生长，辨不出的物种
宣告破土而出的喜悦
绕过泥泞，长途跋涉在这个季节
靠着车窗，我看到四米以外的太阳
困乏充斥着神经末梢
安眠或许是最好的慰藉
如果非得以符号来定格一段感情
那么，我想我们该成为彼此的句号
你一头，我一头
相视而笑，掀起我的红头巾，温婉如画
你说的白头，在我的眼里无比妖娆
翻山越岭以石头的飘荡鉴定一段爱情
漫长或者曲折
旅途中我无法想象一场风暴的来临
爱或者不爱，爱过谁，已是不可碰触的荆棘

野蛮的孩子

越过青涩的年龄，你如孩童
烂漫融合在你稚嫩的音色里
初春，感恩成双喜鹊绕过屋檐
你说怪我意外的美丽
惹你一身惊慌
愿做河畔清流之上的鸳鸯
站立在废墟之上的古寺
你的影子拉开的距离，阻断了一切欢愉
自此，你诵读的经文掩盖了我的容貌
窗外摇曳的风景缺了我的风采
生活拐个弯来找你，掩面而泣
野蛮的孩子，割断了血脉之上的一切
忍着痛，在经文里追寻两世的吉庆
幽深岁月，你选一个路径出逃
撒弃爱情，从黑暗走向黑暗
或许，明天太阳依旧升起
请不要告别恋人，悄悄离去，就如故交

故事

你是一座山，没有山顶的山
攀不到的顶端，有诸多的传说

故事穿插了几个年代，将所有的缺憾
进行悬挂，拉长，延伸出众多的意象
如酒的苦涩，被我张望
而那些人正在用它，掩饰溢出体外的苦楚

交谈间，拼凑出故事的序幕和结局
如深秋的万山红遍
高潮处再添加几笔色彩，跌宕起伏里
更显真实

而我无法构思出她们故事中的对话
然后，写封长信给你
字迹是当时情绪浓缩物，生成的花朵状
踩着我柔弱身躯路过，从未想过寄达

巷子口，我们转身各自走
所有的心事交汇在上空
升腾，气流外，埋在心窝深处的心事
借着火红的太阳，一点点地伸展
我心中又一次涌起对土地的憧憬，对生存的渴望

幻想所有美好后
闭上眼，将手举过头顶
将宁静的事物从喧嚣中抽离

眼里，压碎一场雪

爱情散落枝头，鱼声何醉
南方一隅，残存何许
卧床的日子，愿意沉淀一切美好
刻一串名字，留给未曾相遇的人
日月星辰，终不敌眸子的澄澈
时间揉碎的是稻草尖上的梦
在一个生命终结之前，彼此的姓名相拥而泣
来世化成的蝴蝶，连着血脉盘旋在家门口
有褶皱的人生，连记忆都难磨平
亲手制造的孤独感，漫无际涯地耸立
共白首，心相安，多少离愁梦中诉
昨日的对话，被刻在了未来的话语中
言辞不再凛冽地躲闪
执着一根长杆的念想，在无尽的弧度里摇曳
波光、秋叶连成一线，织着无名的笙箫

雪白的鸽子

深情的对唱，让雪白的鸽子
在彼此的眼中找到了天空

从那座山飞往了这座山
飞行的轨迹是一朵玫瑰的形状
开在了过去也开在了未来

只有此时，我们或许意识到
曾经离去的背影过于锋利
划开了夜色一道口

多年来，我们带着故乡的星辰
在漆黑中走向远方

却不知道彼此遥望时
折射出的光芒，比自身还耀眼

我们是彼此的山川

素净的脸庞
隐藏了过去苦涩的瞬间

肩并肩走在民和的夜色中
正如十多年前，灼热的话语
掺杂在夜的寂静中
此刻，不能仅用荒凉概括
彼此漂泊的这些年

情绪的复杂
让人难以自持
只好把头埋进夜色
让新年灯火遮住满脸的红晕
没必要解释自己的等待
我们的相爱隔着一轮明月

在火树银花中
我们看到了彼此的脆弱与深情
勇敢都留在了年少
有些爱幽深而宽广
注定无法明确进行分类

在这夜色中走过了少年时光
灯火通明而我们即将要分离
眼里跳动着火焰
或许烈焰该有一个名字

我们是彼此的山川
却始终无法跨越彼此

接近天堂

病危是另一种振奋，礼拜间泪流满面
不是感动，是匕首刺破肌肤接近心脏的颤动
此时，赤子放下了尘世，除了双亲

疾病侵入朝阳般的年纪
定格的生命画着圆圈
流入不知名的河流或是走过的寸土
病人应该被厚爱，他身上担着全家人的苦难

现世的落叶归根，是安然
功成名就后的隐退如水仙花的盛开
绝症少年的不辞而别，该是怎样一种决然？

自此一别离，天涯是故人
月无声，沙漠尽头，黄花开满坟头
骑着白马的少女，带你归乡

誓鸟

秋分，午夜的寒气惊醒了我
抬头望窗外月明处
片刻的宁静，让我更接近黎明
花香、薄雾，更能让人联想到故乡的气息

秋天是个好季节，你说你会回来
转眼已深秋，层林尽染处仅我一人
这种感觉更像是病入膏肓
迎来一场狂欢，接着久病

后来我不说想念，不再将闲言碎语
作为远距离的交谈
在道义与爱情中，你总将我深藏
以绝症者的身份，乘着一阵浪到了东南亚
召唤出生命底色里的活力

穿梭巷子口
碰到拿着鸡尾酒的男人
跌跌撞撞，嘴里念叨着陌生女人的名字
很近也很远，就像当年醉酒的你

我收敛所有的坏脾气
将整个秋季交给下过雨的清冷

坠落的事物

纷飞的落叶，精确表述
我此刻的心情

坠落的事物，姿态很美
毫无感觉，是情绪失重的状态
当爱一个人时
呼出的气息是甜蜜的
而长久的沉默背后
是失去一个人的无力

最远的距离不是天涯相隔
而是一句话等待另一句话
白昼的光线，自带情感
却无法述说我对你的思念

你遗忘的速度
比睫毛的掉落还要快
内心决堤，我们无法看清
彼此被什么所围困

有些爱也会绕道而行
由此可见，爱常常是变化的
无声的变化
总是给人最深切的沉痛
有种伤害是无声的
却深入骨髓

弓搭在梦上

闭紧双眼的梧桐
扬脸，斜视太阳
游荡后的脚步，拖慢了剧情
寻找，飞逝
奔赴没有爱的现场
手表，记录过的时间温暖过无奈
沉重不是一种心情，而是为了一个人
你的画布，绘不出的色彩藏在我的眸子里
撑开弓，搭在梦上
呵，你看天堂之外，我踩着色彩向你挥手
梦里，隔断世俗，相爱如蜜

被遗忘的姑娘

月映寒水，梦无常
是否，玉颜不及一沙鸥
一曲挽歌里哭声细碎
难以捕捉遗忘过的情形
我是风，我是浪，是你寻不到的明天
爱情，没有爪牙，浑身长满眼睛
梅花、香山，都成了被嫉妒的意象
悲伤，也算忧郁，在风浪中舞蹈
谈何落泪？
宁愿沉淀在梦中，做你的影子

撒哈拉不忧伤

出国后的撒拉，杳无音信
朋友圈是唯一通向他的天空
蟒蛇、沙漠、难民营……凡是渗透他气息的场域
我不再望而却步，缘分，终究是个糊涂的东西
叼着胃口，私自吞没所有的美好
热情散去，爱情成了一种负担
夜幕下撒拉的撒哈拉沙漠是否有另一种惊艳
站立在想念汇聚的沙漠，提到沙漠里的三毛
你才会仰头赞叹我笔下流淌的骨气
想念终究是一场浩劫
我常常在深夜里想到自己的深情
说不尽的话留在梦里
弃红装，泪染裳，不知梦中遇几人
相思终究在我头顶划过一道弧线
不美也不靓丽
画地为牢，只愿赐我一世智慧

忧郁，顺流而下

风暴后，一朵花摇曳
旋转于乾坤
闪电般落入池中
夺目的黑夜，抵不过眸光
将似水的时光引入沙漠的甘苦中
俯首，在静止的地方
望不到岸边垂柳在风中的方向
离去，有些模糊、抽象
睁开眼，清凉处流水潺潺
亿万年的孤独，此时已不复存在
南边路口旁，我将日子数成星星的模样
你的祈祷穿透蓝天
将离去变得波澜不惊
存在过的那些瞬间也随之毫无音讯
后来所有的往事就像蒸腾的雾气
从心口一直往上走，陈旧且重复
气息让一朵花凋零
又像一道从我伤口处照进的光

麦浪，如影随心

深夜，终止白天的一切喧闹
却在梦里，连绵不断

汹涌的记忆是条毒蛇，沿着白纸黑字
爬上硬朗的脊梁，越过头顶
搜寻思绪所触及的地方
将烧成灰的文字呈现出原样
文字注定是岁月的铁证，嘴唇可以
编造甜美的谎言

抹掉爪牙的痕迹，将圆满留给梦
如果，麦浪翻滚出火焰般的热情
请将少年留在麦浪中间，他不该是身负重病，
英年早逝
戏剧性的情节，或许要加以修改

滚滚麦浪，适合酝酿出醇香
收获的季节里，不该留下悲伤

交代

零度的风，让落叶有了归宿
算是对四季的一种交代
而结冰的江面是否能封存过往
给过去一个交代？
秋将归去，落叶无论从哪个方向落下
一落地应该都是安详
等待你的消息，如同走进迷雾中
眼神的伤害比语言更犀利

无法辨认的爱

分别前想仔细辨认是否深爱过
透过镜片，你的眼神忧郁
盛满沉默的沙丘
不想让人靠近
蓄足的勇气，不知何时又消失

一个人在浴室思考
清洗过往与伤痛
心知此意，为何还要分离？
庞大的气息环绕在你我间
却让我一个人难受
痛苦过后，肌肤也会留下皱褶

破碎的情绪

与天空对望
试想空白的意义
是不是为了留给人希望？
满天星斗，总有一个能看到我

波澜起伏的语言
也曾在内心被无数次雕刻
但脱口而出的那一刻免不了颤抖

伤害比语言更犀利
埋没在痛苦之中
在破碎的情绪中
懊悔说出的破碎的话
面容憔悴的姑娘
穿过无数个夜晚站在星空下

零碎语言，无法整理出完整的句子
祭奠过去日子里的沉默

来不及见的人

深爱过的脸庞会刻在梦里
在午夜喧闹
惊扰平静的生活

带有撒拉族特征的面庞
再一次出现在梦中
转身问我
落日余晖是否会收集人间的悲欢?

或许来不及见的人
渴望在梦中相遇
站在海岸,遥望大海的宽广
你的酒窝里盛满了星星
照亮了我的双眼

我们之间不该有休止符
爱与恨在夜晚无限重叠
你的温柔,频频入梦
潜入梦境的事物
早已在太阳下窥探内心的秘密

往事的痕迹
不该被你抹平,不留一点温度

耀眼的光波

坐在小船上
游览北海公园，耀眼的光波
一圈接着一圈
激荡着、追逐着，像失去的昨日

心里的话太多
长久积在心底也会含苞欲放
顺着呼吸声
找到思念的那个人

靠着你时，是寂静的
静得足以听到一朵玫瑰
盛开的声音
难以启齿的话语
此刻化为一朵云
指引着彼此，守护彼此

你说我微笑的嘴唇
在侧影中像一朵绽放的玫瑰
绽放在河面上
而目光飞逝，我们最终逃不过彼岸
辽阔的天空
纵然，有一天你会离去
唯有好时光，才会涌上心头

船桨，摇曳生姿

拂面一阵清风，浪沫飞扬
船桨弯曲处，水流放缓速度
流淌，停止，渐而奔腾
划过血管的冰凉，扯下黎明前仅剩的黑

缓慢，急速，将每个步伐推进
仰起脖颈，傲视
将每个步伐走成花瓣儿的形状

不幸被你叹息
深夜依旧遮住酣睡者一半面孔
撕破喉咙的尖叫并未引起我的关注

我们的角色，早已在不恰当的时刻变换
此时，及时的关切不该由我来承担
柳絮飞扬在冬季里就是一场错乱
无法与雪花媲美

无真诚的你，演技让人看透虚无
深夜游走在键盘上，以胜利者的姿态
我平静地略过你写下的无奈
正如一幕落花，摇曳生姿
惊艳于泥土与落雨中

在一颗牙齿上舞蹈

夜晚的厚度
足以让孤独的心彻凉
有些厚度不适合测量
那就在笔下奔腾，骑一匹烈马
傲视群芳，却与一株草
惺惺相惜

此刻，抬头望月
夜晚薄而轻，思绪飘浮在空中
虚幻成一场梦
于是，我在一颗牙齿上舞蹈
把你的骨头敲出狂欢的声音

红色的笔写下黑色的心事
等待天亮
将昨夜的电闪雷鸣一一清算
让被摧残的花朵张口说话

喧嚣后的证据

星空被折叠
浩渺也成了词汇的外衣
寒气钻入梦中，一梦比一梦冷
一对眸子苏醒，寒气在窃喜
丝绒、瓷器……正在细语
顷刻间，撞击声后
词语发生强烈冲突
歪斜的文字
观望蹲坐的猎狗，无眠
干草堆旁的脚印是喧嚣后的证据
锋利、迅速将一切交付
然后，静听一场雪
纵使所有的语言成为形式
词语凌乱地铺设，句子将拥抱故事
爱始终是简洁而复杂的表述

琴声如诉

庭院飞花，夹杂在
每个飘忽不定的琴键声中
如我一般失眠
被拉长的夜晚，明月皎洁也是伤口
演奏者的敏锐度，似乎在预示着事实的另一面
残山剩水，泡糊的字句里我一个人行走

我要上南山，为你摘下最绚烂的向日葵
把每一个相安无事的离别
刻在，无字碑上
祭奠过去的单纯日子
愿意去相信，你得了绝症的事实
这样离别，太多窘迫终将
归于宿命

燃烧的叶子

漫步槭树林
那些要燃烧的叶子，在细雨中
不断审视自身的美

往深处走，身体隐入云雾间
不存在过的爱，何须证实？
你此刻的追问毫无意义

树叶纷纷落下
思绪不由得汇聚在零散的叶子上

目光越过枯干的叶子
我想，或许有一棵树能听懂心声

槭树和人一样
也曾将茂盛的美投射在河面上
追寻生命之流

小沙弥

日光下，雾气笼罩的干草堆
端坐成一个小沙弥的形象
安静中不安分，清风般的脸随意飘动

慌乱如我，拉紧窗帘
拉下晴空这张网
熨衣服、剪纸、糊纸盒子，我将
对生命个体所有的理解
具体到生活的每个角落

忙碌的另一个名字叫充实
至少，是一个停止胡思乱想的借口
身体中作为高原人的厚实，此刻，喷薄而出
挥笔，画下那些从眼前飞逝的瞬间

小沙弥的形象，端坐笔墨尖
神韵留在宣纸上，从案头望向岸边
闭上眼睛，眸子里射出光芒

躲在蝴蝶翅膀上的想念

一

气味清香，将思念聚集
绵延在气流以上，铺出天地之路
想念成诗的夜晚，明月也孤独
凝视天花板，窃喜，讲述每一个梦中的细节
睁眼、闭眼，设想情节
拉出故事外的线条，躲在蝴蝶翅膀上思念
延伸意境外，想念的颜色成为一门显学
我将梦搭在蝴蝶的翅膀上
清冷的早晨，蝴蝶绕膝足以抚慰你

二

清水湾、红辣椒，所有和你有关的意象
纷纷在暑热难耐的季节里，跳跃着
想念的硬度，没有爪牙、没有颜色
纷纷扬扬，击碎一些细小的事物
疲惫，从眉梢开始，一路沿着皱纹行走
故事的尽头，我找不到你的神情
闭眼，略去所有黄河边的波涛

三

狂风暴雨前，安静是最好的避所
一切隐喻的意象，争相躲避
愤怒、撕扯，一切从幻觉里迸发出的情思
倒挂在胸口
案头案尾，咳嗽声粘在猫踩过的痕迹上
望向悬空明月，总是伤口触目
臆想，所有完美滑落的弧线
难以启齿的话语，留在梦中
清风明月适合出现在梦里

一幕落花

九月，阴气渐重，露凝而白也
所有的猜疑，随一场纷纷而至的寒流
着陆
屏气凝神，无力承受的惊心动魄
如泪滴，横飞在每一片落叶中
我害怕，吉隆坡的你，如约而至
那一刻，积聚已久的情愫
要么随烟花消逝，要么如火焰般惊艳
所有的病痛或者欺瞒
将要休止
怕你明眸深陷，更怕你健步如飞
梦醒处，更是凉风斜雨时
重病的你，荡着秋千欢欣在深秋
我不明白，这是一种怎样的前定

连理枝

一

埋下伏笔的事物，在春季里妖娆
笃定，幸福是彼此的信仰
将黄河边遗留的脚印穿成圆满
将一条连理枝项链，戴在恋人的脖颈
自此，高潮迭起

二

古寺的邦克声愈发沉重
斋月后，无法释怀一种情愫
比翼鸟、连理枝
星辰下的年轮，无法触及的边境
即将临近死亡，亲手制造的孤独感变得突兀
黑夜接近黑夜的惨淡
年轻人斩断今世的尘缘，抉择进入天堂或地狱
挖掘埋藏深一点的踪迹，毫无隐秘可言
接受一种死亡的淡定

三

留下今世的鸳鸯蝴蝶枕
做不了比翼鸟
就请姑娘保存连理枝项链

面向克尔白，做最后的祷告
愿后世，骆驼泉边流出美好的姻缘

四

时间略去浮尘，留下记忆
让人生疼的不只是秘密
隐去，闲言碎语
无数笔下预演过的重逢，只能留给未来
伏笔下的结局，最好隐于心底

五

西门，西宁如此恰巧
相逢处，曾经的落魄成了下个故事的导火线
春光浮华下的故人，一杯泯恩仇
或许，爱过就是一种释然

谎言是一种情绪的祭奠

如果谎言是一种情绪的祭奠
那么坟头是否也有花朵的清香夹杂着烟火？

漫步草原的马

那是在青海，我拒绝在草原挥鞭
害怕，鞭声惊吓出的疼痛

我有一匹，搁置在草原的马儿
它昂首傲视，眸子幽沉
长叹，不能复述的情感

我掩藏过的笔墨，此时应该歇息
马儿从黄河漫步到草原，如今
想要奔向天堂
在尘世烟火中的铺设，注定遗失美好
而有人终将对它负责到底

隐秘存在过的事物，明天或许离天堂近一些
我拉近最后距离，将拼成的玫瑰抛向云层

西山，一夜波澜

一

久别重逢，在浦宁之珠续写前缘
时间陌生不了语言
青涩年纪被斩断的情节
早已霸占了整个青春

二

念想过很多相逢的场景
心潮澎湃或横眉冷对
此刻攀登西山，是该忘掉那些零碎的记忆
夜景覆盖下的宁静，足以力挽狂澜

三

十年飘荡的情谊，此刻回了家
不再轻易破碎
或许站高一点，能忘却低处的伤痕
停步在山腰的亭子里
省去一些未出口的话
忘却，青涩年华的争执

只求彼此平安

高原之上
一束夏季的花
收拢了秋色

花语让季节的流转
浪漫而芬芳
不宜问君是否长久
只求彼此平安

往后的日子
你或许在平安大道上
试着舒展内心
令你疑惑的事物
偶尔也会以花盛放
或者凋零的姿态
搅动云海

让你皱眉、迟疑，甚至欣喜
那就抬起头
看看那束开在彼此心中的花
她也曾向高山欢呼
她也曾对河流歌唱

在阳光下寻找力量
在自然的律动中
幻化成万道霞光
将思念撒向山川湖泊

大柴旦

在诸多相逢中
哪一种最令我们神往？

回忆像一束光
或一束玫瑰
预设众多重逢的画面

将心底的一抹绿
安放在大柴旦的翡翠湖中
让荒漠淡忘曾经的伤痛

那些被你扔进湖中的信件
早已不见字迹
留下空境与独白
正如此刻的湖面

分开多年，目光
再次相遇
擦肩而过的瞬间
纵横交错的情感
在变换的影子间跳跃
但故事不会被续写
所有的征兆早已在梦中

潜入梦境的事物
早已在太阳下窥探内心的秘密
往事的痕迹
不该被你抹平，不留一点温度

冲蚀情感的方式不是遗忘
而是接受那种抽离
喧哗一阵的爱情
估计是宁静日子中的一束烟花
不求长久但求绚烂

竭尽全力爱过的痕迹
已凝结成一束干枯的玫瑰
收纳破碎的情感

就算分开，爱不可能杳无踪迹
熟悉的道路应该留有到过的痕迹
无爱的状态如同披着一件潮湿的外衣前行
沿着自己的轨迹运行

空虚，是一种假想

打江南而过，我遗落的唇印
缠绕在半边夕阳上
你痴恋那抹鲜红
看不见心底的沉痛

一条鱼，一艘船，两个人
渡不到，南水以南
我偏向太阳，缝隙里
洒向你的雨露

假想过很多场面，早起
想到听到鸟叫声而幸福
将闹钟声调成了鸟叫声
清晨，日子就会幸福成诗

恋上听浴室水声的日子
爱情是场赌注，风里雨里都是淡然
放空自我，痴迷幻想后越难相爱
泪落接近另一种孤独

秋日的深情

雾气升腾，村庄空灵
夕阳下古村落笼罩在暖色调中
纯洁扑面而来，挡住了舌底的话

坐在房顶上
布谷鸟叫声令我愉悦
抬头望着天空
也忘记了自己一无所有
紧致的肌肤隐藏着一种状态
不再去追问昨天
眼神如石榴籽一样拥抱着村庄

所有的相遇都有终点
终点的长短是缘分的长短
无数擦肩而过的瞬间
是命运的捉弄
也是情感的牵绊

相爱的痕迹比沟壑还要纵深
你让我如何逃脱？

夜的抒情

将黑夜还给黑夜，我们在暮色下着笔
用记忆搭成桥，将未知的语言
装在厚厚的麻袋里，在风暴来临之前
抑制一场咆哮，让干净的词汇浮于地表

风暴，席卷一场波澜
在每个梦醒之前，抓住最后的绳索
攀缘而上，在昆仑山口将秘密埋葬
迎着风向口，吹散离愁别绪

极目，将每颗星星讲成神话的
牧童
端坐篝火旁，泪与烈酒成了夜的狂欢

黑夜，闭上眼睛
荒原已黯然失色，对着星空说句话
搁置，黎明前的所有喧嚣

暴力是爱的终结

暴力是爱的终结，无论是语言
还是身体
侧过身沉默，爱已隐去一半
被吵闹惊扰的夜，不想混迹于红尘
便躲藏在流星雨中
至少，此时能听到
所有幸运的人所许的愿
待到黎明，消散所有的疲惫
无法流于笔墨的苦楚
在骨骼间穿梭，最后在胸腔里发出
巨响
起身，端坐月光下
省去情绪，让一切亲切的事物来临
就像我们昨天相遇
伸出手，将风交给风，将雨留给雨
浮华深处即是空
有些声音该留给自己

离去的神情

你无法交代时间、缘由
愤怒走开

我不善于隐瞒
就将事实告诉秋天的麦草堆
将你隐秘的内心全盘托出

想象每一个温情后
离去的神情
合上，放下，将一种感情撕裂
愈合处的伤口，在明媚处刺眼而高尚

时间的连续性
将生活的琐事串联在一起
唯独无法对爱情进行预测

走了

他走了，就像从未来过
胸口只是疼了一下，很轻
也很用力
他甩进空气中的力，顺势
推翻黑色的柜子
完整陈设出曾经相爱的具体细节
一屋子的凌乱
倾吐了临走时的愤然
一摞车票，站立于遗物中
意外泄露了他到来时的赤诚
相爱是场冒险，得失不足挂齿

掩面而泣

繁星在头顶，划开暗夜
让隐秘的事物开始涌动

掩面而泣
我究竟是一个拥有爱的人
爱的滚烫，燃烧过彼此
却在零落的灰烬中照见了自己

今夜的寂静笼罩着我
是风平浪静还是暗流涌动？
土墙边的梅花叫醒了多少少女

万物的痛楚何其相似
怀抱的秘密最隐秘
如不能长相守，那就各自远行

第四辑

一匹马的自画像

簸箕湾

出生在形似簸箕的地方
我是母亲筛选出的一颗种子

种在簸箕湾的落日中
于是，童年的欢乐
不止在田野
更在苍茫暮色中
头枕着山岗，向往远方
太多的诉说晚霞听了也会溜走
便学会了自言自语

簸箕湾足够小
小到站到山坡上
能听到每一家的喜怒哀乐
簸箕湾足够美
山坡青翠，溪流温婉
抬头望着皓月寒光
也能吟出浪漫的诗句

漂泊多年，我依旧在地图上
寻找你的足迹
无论未来多么滚烫
我只愿依偎在你的掌纹中

想念已落满雪

——致母亲

想念已落满雪
只等着一支飞奔的笔
一落笔，纸上满是母亲的形象

跳动的词语
让我看到母亲的面孔
无数画面让我缭绕、眩晕
有她苍老的皱纹、佝偻的身躯
却没有她青春的洒脱
我知道人生的起伏
终将留在皱纹深处
那是女人无法触及的伤口

母亲面部流失的胶原蛋白中
藏有她对青春的无声抵抗
岁月与她厮打，最终
将无情的爪牙留在她脸庞上
四个孩子的母亲，有时却像个孩子
那些年的偏执与单纯
依然留在她裂开的幸福中

她说，她将要收集云层之下
最干净的雪
煮一杯茶，笑看人生的沉浮

父亲的本命年

庚子年的动荡与不安
悄悄掠过成年人低垂的眼眸
一次次崩溃在无数人日记中

父亲生命的轨迹，转折于
一场意外
一条硕大的疯狗
让父亲的本命年，留下血与泪
他的咳嗽比雪花轻
却结结实实压在我的心头

1972 年的父亲，人生中第一次
受到重创，转眼间身体苍老、变形
藏不住的委屈爬上面孔
甚至拖垮了身影
父亲佝偻的身躯
一脚深一脚浅
结结实实写下生存

望着父亲的背影，全家人的心
在同一时间下沉
这让我明白
意外扼住命运的咽喉

总比惊喜抢先一步到来
所有命中的运数，都得欣然
接受，承受生活的不易

微笑中藏有打开宿命的钥匙
生活千疮百孔，学会预留给自己
足够多的坚强
通往光明的缝隙中，唯有
抬头微笑，终将远航

亏欠

白天的喧闹，深夜难以终止
五脏六腑如若起伏
便会在深夜最脆弱的时候
也会在阴雨天孤独的时候
碰到出没暗礁，并清楚记录下
人世间的亏欠
父母卧病在床，而我也"遥相呼应"
咳嗽连连，颤抖的肺部
时刻准备从口中
一跃而出
漂泊在外，父母生病
伸不到一双照料的手，亏欠就越深
人一生病就变成了孩子
喜欢任性、念旧，甚至哭泣
及时的安慰甚至比一颗糖果更要香甜
生活中总有亏欠，父母与孩子
亏欠总是无法详述
填不满的沟壑，留住的都是心底的回声

出生年月

我的诞生，模糊而轻薄
记忆中正如雪后上升的气流
凛冽，一再被省略
亲戚们开起的玩笑
却在童年，不合时宜
我是谁？我来自哪里？
母亲的怀抱，无法消解我的疑虑
于是，将孤儿当成兄弟姐妹
密谋一场，流浪
习惯独自在冬季，点燃火柴
在陌生人的诞辰里
许下自己的生日愿望
长大后，母亲仍然无法记起
我出生时分娩的准确时辰
只记得，宵礼邦克声紧追着
我的第一声啼哭——响起
将我的诞生宣告于世

大年三十

团聚的家庭在一场春节联欢晚会里
呈现被生活过滤后的喜悦
辞旧迎新，一切悲欢离合被拒之门外
而此刻首都机场
我的出现显得慌乱而窘迫
大年三十
我已被这大团圆的数字边缘化
从一场孤独奔赴另一场孤独
此时流浪汉也该团聚了
而我恰恰成了被孤立的存在
瘦骨嶙峋，连词汇也对我躲闪
于是，润笔、研磨，想象生命的轨迹
在一撇一横里见终古
孤独的人
将流浪的生活定义为奔赴
让匆忙来掩饰每个崩溃的瞬间

家族微信群

家人将不同形式的琐碎
堆积到微信群
无数未点开的红点都是谜
我的食指开始犹豫
在焦躁与不安间来回周旋
生怕虚无的谜底后是一个真实
具体到父母隐忍已久的一声
咳嗽、啜泣或者叹息
我更愿意与家人视频通话
即使短暂也能让猜疑与疲惫暂时消失
将原始的自由、真实、坦率
融进科技时代的对话中
都挺好
父母编织的谎言
如若在屏幕前泄露
那将是谜底后深藏的爱

一生的长度

从飞机上往下看
山川、河流、村庄成为缩影
远方的风景远了
回忆就近了

寻找诗意的栖息地
也是在寻找让内心宁静的居所
风波过于大
需要一颗保持钝感的心

花了很多年离开故乡
又要花很多年抵达故乡
一生的长度
大抵就是离开故乡再回到故乡

苛责声

闹铃声，撞碎梦境
透过裂开的口
朦胧与疲倦四散开来

睁开眼，身体与床
还在粘连
顺势伸个懒腰，搜寻手机
打开微信
父亲的苛责声，滚过
白山黑水
狠狠落在手机屏上

千里迢迢，一封信
在古代也要等到日落西山
才能抵达
微信时代就连叹息声
不会延迟分秒
激流勇进，时代的恐慌
仅仅会因一条延迟
接受的消息而爆炸

眺望

挡不住的心事
颠簸在高空气流中
又一次告别故乡
具体而饱满的眺望
包含烟云的形状
山川的脉络
甚至是一碗面片的味道

曾经在异乡
无数次眺望过故乡
选择在高处眺望
试着清除潜意识中的喧哗
让心胸空灵化

那些从心底生长的眺望
是否是内心为了寻找一个
恰当的理由
让自己回归故土

在高处的眺望中
刺眼的光芒指引我
漂泊在外的人

不要在故乡身上寻找自己
而要在自己身上
寻找故乡的印记

学会辨识乡音
困境不再是困境
所有的出走
在冲动中带有魄力

心事移交岁月

远方的奶奶，卧病在床
还有多少心事要移交给岁月？

猜不透的眼神，格外迷离
我走不进去，她出不来
没有瘫痪的那只手
牢牢抓住光线，怕一眨眼
尘世所有的依恋都将消失

奶奶热爱生活中的每盏灯
也喜欢怀抱孙子，静待炊烟
岁月中她苍老了面孔
她抓住仅剩的时光向上用力

此刻无法抛开的事实，停留
在过去的凌乱中
究竟要有多深情，才不敢忘怀

万物的疼痛，各不相同
却在某一刻如此相似

最后的等待

无声的噩耗
让处于困扰的子孙们慌乱
趁着夜色起身
从四面八方急忙赶回
就怕最后一个问候
无法当面说出口

我知道您的等待
在说不出话的喉咙里翻滚
于是
我连夜奔赴一场最后的相遇
最熟悉的场面让泪水汹涌

您认出我了
病痛让您失语，但我明明
在哽咽声中
听到了您呼唤我的乳名
清晰而沉痛
泪水让您瘦削的面庞
再一次遭遇洪水决堤

奶奶，我知道您的哽咽
相拥而泣，您所有的委屈与盼望

在此刻完全倾吐，怀中的您
正如童年的我

阅尽人世间的凉薄
说不出话来
原来我也是凉薄之人
欲行孝而亲不在
有时，生活就是这么荒芜
到了最后，所有的遗憾只能深埋心底

圆满

奶奶平躺在床上
滴落的泪珠
再也无法借助心底
那股向上的力

八十八年来
奶奶被忽略的皱纹里
存放着子孙辈们的喜好
也留有栀子花里的青春

风雨时节
即使谎言再过汹涌
也无法淹没她对生活的热情

如今，凌乱的纹路
时而紧，时而松
却无法掩盖
她眉目间的慈爱
子孙们
不远万里奔赴而来
五世同堂
日夜守护在床边

扎根于奶奶体内的话语
已竭尽全力翻转
寂静而朦胧
活在亲情的延续中
虚弱的她
只剩下喉咙里的沧桑

木炭在火盆里低吟
将能量撒向
老屋的每个角落
而奶奶手掌的温度
却越来越低

在子孙们
挤破房间的哭泣声中
奶奶演完一生的角色
临终前只留下一个词
圆满

肆意的光

梦太重，终究是自己
要倾吐的心事太多
我明白生活总以匆忙的迹象
掩藏不断翻涌的回忆
无论如何用力
都无法阻止回忆的片段
点燃深夜的梦

于是，我试着铺垫情绪
学着母亲的样子
任由纵横的想象
闯进梦中，与梦共舞

让疲惫的身躯
自由穿行于山川草木
与露珠说话
呵护躲在蘑菇下的蜗牛
与飞鸟鸣唱
一起追逐太阳的影子
与自然同体

在晨光中仰脸
在辽阔的美景中
寻找时间延续的意义

书页宛若花朵

在地坛公园
斜靠在桦树上，翻阅
一本古籍

黄昏打破纷飞的落叶
低头间，书页宛若花朵
一样裂开
敞开的书泄露了祷告的话语

阳光横扫叶片
凌乱的光束分不清方向
洒落一地
挡住了我的视线

书中想留住黄昏的人
将喜欢的姓名
写进晚霞中
在干枯的岁月中
独自留住深情

迎着风声，放纸鸢

翻出一捧花种，辨不清年月
埋下来历不明的种子
算是对这方荒土的交代
唱着歌浇水，滑稽得像是在进行
胎教
光照、施肥、浇水霸占了我词汇的
风水宝地
而我却像个小孩
路过在草地上撒野的蒲公英
以为它长了翅膀，从这片草飞向那个原
让约定成为约定
迎着风声，放纸鸢
好像只有这样，逝世的亲人能到达天堂
俗世疾苦皆能顺着风飘散

完成婚姻的使命，便去流浪

家族延续的森严，带有烙印
从第一声啼哭开始

缘分未至，但婚姻将我
安置在陌生的屋檐下
窘迫间，我望不到一双救赎的手
骨肉亲情，此刻也已止步

不越礼法，你将被族人慈爱
继而，成为某人的新娘
日常化的情绪都被省略
强调尝试生育，是偿还家族恩情的
一种
隐去艰难，那便是恩赐
在漠视中去扮演母亲的角色
拒绝不了的模式，被肆意复制
嫁给未曾谋面，仅有相同信仰的陌生男人
便是家族的荣耀

我将宿命里的命脉隔开
荒凉处，点燃的思绪
像马的喘息
疲惫只是状态的一种，无法复述

完成婚姻的使命，便去流浪
在落叶前，止步于闲散的日子
蜿蜒而上，将笔竖立于风中
青丝泛白前，将溢出体外的激情
分散给颓靡的人
笔墨，肆意漂泊
有时最粗暴的伤害就是最彻底的治愈

爱皆在琐碎中

雨停后，踩着泥泞出发
向阳的地方更适合行走
母亲提前备好大公鸡为我壮行

生活里诸多的爱皆在细节中
她的记忆里，刻满我爱吃肉的模样
那是一种幸福
或许，喜爱的食物被我的胃消灭
她才会安心

秋日的深情挂在枝头
却不及你的温情
平静的日子唯有翘望
才能将琐碎诗意化
望不穿的日子没有波澜
母亲却在用爱解读

情绪里的自己是戏子

体悟一座城市的声音
明的、暗的，所有变化
都用耳朵捕捉
有声响就有阳光的影子
夹缝里的草，流浪的猫，哭泣的老人
在声音里平稳情绪
站在向阳处，春光无限暖
在情绪的延伸段，融进一种陪伴
从耳朵抵达心脏

坏情绪是毒药
延伸的过程就是一种赌博
无论结果怎样，五脏六腑是受伤者
情绪里的自己是戏子
面孔在身后，头颅在前面
用情绪作战，用意念咒骂
用最恶毒的修辞，营造一箭穿心的效果
晕染出人物山水、花鸟鱼虫
抽离自己享受气韵中的灵光

誓言，深埋唇齿

今日立秋，还有多少誓言
可以深埋唇齿
生命的轨迹，从血液
渗出。遍布各个器官
比如留在牙齿上
不断被清洗
最终，牢固的部分
成为了牙齿本身
不管岁月如何打磨
都坚固无比
岁月沧桑，无法兑现的誓言
皆是难以启齿的疼痛
一点点淹没内心
却又在体内奔腾
让所有的声音瞬间消失

心空如洗

初冬，黄昏的静谧
垂直而下
拥抱万物的清冷

我临窗而立
将喉咙处燃烧的话语
存放进一首诗中
想送给饱受严寒的人群

此时，字里行间的无数匆忙
悄然隐去
键盘之下，我开始跋涉
去寻找漂泊者的踪迹

我明白，无数伏案
而作的日子
终将能解开郁积的心结

黄昏，从眼中落下

昨夜的暴风雨
敲打了一夜
在天亮前撤退
将满腔的怨气留在窗子上

此时，黄昏从她的眼中落下
旁人已分不清悲喜
她说没有实现的梦
已深埋在体内
谁的柔情将夜的悲叹
叼走？顺着一阵风
挂在月亮上

将纸团揉成一股风

日子缩成纸片
留着未干的笔墨，离去

困乏躲进眼角的细纹里
却被你揉进了生活
连同喜怒哀乐
模仿原始生命，演绎出纯粹

我四处打探风的秘密
在所有暴风雨来临前
甩开袖子，留有一股风情

将纸团揉成一股风
字迹没有方向，误入扬州三月中
将撕裂的花苞点染，晕开
近看，如脖颈处昨日的伤情

寂寞，是条长蛇

黑夜，循环的眼睛
照不出泛着涟漪的低眸，黯然
长襟处的碎花，是白昼唯一的点缀
未落纸张的墨滴，藏着无数生命
聚成一条长龙
蜿蜒、修长，从笔墨游入梦中
赐予所有的不可能一双眼睛
一场梦，将疼痛融入泪滴
叹息呵！大西北的白昼
或许，蓝得通透
艳阳才能照亮无数黑夜

第五辑

通往时间的桥

夜幕下的骑行者（组诗）

一

夜色中，语言无法书写的梦境
悬挂在霓虹灯下

偶尔发出微弱的光亮
万物都在寻找光
越靠近光的地方越有烟火气

风，藏匿着悲欢
也装满骑行者的心事
风中的暗影
为他们讲述城市的速度

面庞隐现的气质，凝结成
夜晚的珍珠
耀眼而灿烂，照亮他们的步伐
骑行者顺着夜色，逆风而行

二

曾经浪漫而执着的情节
此刻伏在骑行者的双肩
骑行并不是逆流而上
而要进行抛物线式的游戏

车轮下深藏的故事
并非呈现在剧情中
骑行者挖出深埋心底的词语
尽管它们遍体疲惫，心事重重
却足以承载现实，他们炙热、鲜活的青春
透露出对生活的憧憬

你看！骑行者的目光
包罗万象
夜色下，就该摘掉生活附加的面具
从目光走进心底的事物
带去的不止是记忆

三

骑行者，在黑夜中画出两条直线
一条是生存的起点
一条是梦想的终点
骑行，奔往家的方向
让说不出的话语，紧锁在心头

骑行者，用各自的语言
描绘城市的场景
等待红绿灯的瞬间，思绪
早已在波澜间书写不一样的心境
生命从来都不是一场局
入场与退场都要体面

夜，睁开眸子，俯瞰万象
汇聚白天的疲惫
安详注视每个人的气息
此岸与彼岸并不是只有玫瑰相隔
遵从内心才是出发的意义
所有埋下伏笔的幸福，必定暗藏着等待

四

一个人的过往
无法用语言去美化
也无法凭借纵横的皱纹去定义
骑行在大都市
思考世间万物的缘由，不该是一种徒劳

繁星遍布夜空，独听万物的密语
挥之不去的宿命论
深藏于骨骼间，等待闪亮的一刻
或是在高山之巅，或是在云海大川
出发的意义是由生存环境所赋予的
在黑色中潜行
展开双手将未来移交给努力的自己

每个人，一出生都在地图上
寻找一条走向内心的路
每一步的风霜，都记载着对梦想的执着
骑行者将不再被定义为"漂泊者"

他们将捕捉宇宙的秘密
行走是求助于现实的宝藏
唯有踏遍万水千山
才能看到走向明天星光中的清晰的纹路

沿石阶而上，守望山川日月（组诗）

一

一颗被女娲与伏羲遗忘的棋子
站立在人祖山巅
仰望斗转星移，俯瞰世间沧桑
不忘在繁星中守望山川日月

今夜我在忘忧山庄
借着繁星的余光，翻阅
人祖山的过往
世代子孙用坚守谱写的篇章
此刻已从史书中跃起
穿越无尽的星空，从中抽出
一根红丝带，系在人祖山巅那棵古树上

二

千百年的傲然与坚韧
无须风的解说
四散的枝叶顺着风的口信
携带朝拜者的祝福与祈祷
追着铃铛声奔跑，唤醒天地万物

女娲抟土造人，将基因的密码
悄悄隐藏在历史深处
造人的土混合着鸟语花香

也包含着月的阴晴圆缺
将不知名的事物留藏在身旁

两扇滚落的磨盘石是苍天
派来的媒人
集日月精华于一身
成就美满姻缘，让爱在高处
生根发芽，播撒智慧与美好的种子

三

所有的天意
皆是心底的呼唤与渴望
日久天长感动了上苍
人祖山在壶口瀑布以东
播种圣火，壶口朝向烟火地
收尽世间哀愁

有爱的地方有守候
头顶的落日中写满了箴言
被晚霞铭刻在高处
穿针梁、洞房沟……
汇聚山巅的意象，让人祖山更有灵气

携手而至的夫妻
在人祖山巅，仰望星空
如果星星不够坚定，还能守护群山？

烈风无法吹走悲哀
只有离自己最近的心脏才能懂

四

人祖庙前，留有自然的意趣
你看！与山一体的巨石上自带传说
由下而上，镌刻在祥云中
所有无法抹去的艰辛
汇聚在一起，开出一朵朵女娲花
依偎在娲皇宫旁，呵护女娲的尊荣

女娲石上观天，头顶"五彩石"
将对子民的爱高举头顶
在日月星辰中写满嘱咐
一句比一句深情
唯有女娲造像前的方形石窝读懂天意
每个石窝用镜子的话语
讲述日月沧桑，守护圣土的安宁

五

谎言，遮住了视线
于是一生在追逐中颠簸
内心的渴望——升腾
在太阳下寻找爱的痕迹与形状

跋涉万里的朝拜者，追随人祖的脚印
冲破烈日的阻碍，解开尘封的文化史
怀揣三百六十五个星辰的足迹
一路攀缘而上，将祈求留在娲皇宫的蒲团上

用余温去触摸远古
书写所有的跋涉
此时再多日月山河的壮阔都已失声
只需静静守望，携带日月的沉思
送上一声敬重
人类的始祖，以奇妙的步子
横穿乾坤，将日月星辰囊括在爱中

六

答案或许在脚下，或许在心中
总归在虔诚中相遇
朝拜者顶着烈日的考验
怀揣传宗接代的使命
一路追寻至此

虔诚与信仰，此刻已与秀发融为一体
在这高山之上
所有内心的冲动与自豪，源于人祖的恩泽
走下人祖山
琴瑟湖中，望见一座山的伟岸

书写东营的温度（组诗）

一

黄河，我从你的源头赶来
带不了水丰草茂、莺歌燕舞的喜悦
收集那些零散的书信
在这入海口为你吟诵

你在奔流的途中
让诗人胸腔的诗句滚烫
句句翻滚、升腾
在飞溅的浪花中随你远去

旷野冷暖无人问
无数赶路人为你留下口信
此时，我的诗句像鸟儿
一样蓬松
装下你的一泻千里

二

黄河的话语，富有回家的节奏
年轻的诗人们，头枕芦花的清香
泛舟，掠过蒲草的丰茂

撞见恩爱中的天鹅
只是路过，不敢惊动
它们互相梳理好的羽毛
于湖面与白云间，秘密写下
东营的湿地之窗
临近靠岸，湖泊扇动翅膀
将诗句送往天鹅飞往的方向

三

芦花迎着风的方向
探出头，打磨属于秋天的语言
我站在观鸟塔前
看你升腾的呼吸
招手送别不同的候鸟

鸳鸯成双，娇羞低语
将水底的鱼群唤醒
争相躲进诗人经过的地方
趁着风，摇动芦花
抛弃不够真实的过往
挤进诗人的诗句，留下
存在的痕迹
拥有新的身份与地位

四

当"红地毯"撒下光明的种子
赤地荒滩不用再翻滚于
黄尘之中
追问生死的意义

螃蟹潜伏在"红地毯"中
嬉戏、打闹，而后钻进
潮湿的泥洞中
沉默、疑惑、焦虑……
在不断延伸的道路中寻找
存在的意义

年轻的诗人奔向海边
以飞溅的浪花书写东营的温度
将所有的嬉闹与欢乐
留存在相机中

寻找容身之地的螃蟹
羡慕这种生命所馈赠的方式
争先恐后地涌来
疑虑是否要躲进诗人的诗句中
占据一处风水宝地
带给整个种族欢喜、荣光与希望

守望丹青（组诗）

一

曾经梦想走遍天南海北
为了寻找梦中滚动的色彩
不！那不仅仅是色彩
是一种深埋在激情中的使命
看着笔下所绘的青绿山水
我试图挣脱束缚
去追寻、突破，自由穿梭
在笔墨间
紧紧抓住生长的力量
寻找理想中的丹青
作为大地之子
或许我内心的那份赤诚与向往
恐怕只有大地才懂
我笔墨纵横处
发出的应该是大地的声音

二

这烟雨江南中
一杯茶、一炷香、一盒颜料
是我熟悉不过的事物

注：应邀为著名画家周建朋在北京饭店馆藏艺术中心举办的"欧行
　　漫记——周建朋青绿山水画展"而作，用于画展现场朗诵。

而这些却成为一种甜蜜的阻力
无数次，梦中都是遥远地方
那神秘色彩的召唤声
一声比一声有力
从模糊到清晰
那些意象色彩缤纷
让我喜悦万分却又无法一一描绘
我想这应该是心底的声音
笔下久久追逐的色彩
喝完一杯茶，我轻抚着胸口
似乎我听到心跳的节奏
清晰地召唤我，孩子该出发了
是的！我该出发了
大地之子，应该携带着
烟雨江南气韵
一路寻找古丝绸之路的遗迹

三

我追寻着西域文化
行走在天山山脉中
我坚信，这里终有一些色彩
在等待着我
炊烟袅袅，牛羊满坡
天山脚下的秋季
比任何一幅油画还要生动
红、黄、绿、褐……
气韵生动，让我如痴如醉

四

在这青绿山水间
我是一位跋涉已久的画家
为了这一刻的到来
我不惜踏遍新疆及其他西域各地
将胸中的色彩，眼中的气势
一一呈现在画面上
而此时，我应该将这自然界
变幻的色彩
一一藏于怀中
牛羊悠闲地学着牧民的姿态
领略这气象万千的色彩
而我，此时多想到山顶去
打个盹儿，等一场奇遇
我相信在这天山脚下
无数的色彩正等待着我

五

多年来，我曾
深入西域腹地实地写生
也曾在冰天雪地里创作
渐渐地，我明白
戈壁大漠不是孤独的远方
置身于此
却能让一个孤独的人不再孤独
你看！

天山将脚下的苍凉与壮美

分给山间的溪流与嘶鸣的奔马

这种浪漫绝不比欧洲少

远看有青山的苍翠

近看有牛羊的悠闲

如此原始与淳朴的色彩抚慰着心灵

我愿做一匹奔马

在这天山脚下

与万物窃窃私语

静看傍晚的落日与清晨的雾气

六

阿热勒、阿热勒，让我再

轻轻唤一声你的名字

无垠的草原深藏着秘密

将四季的青翠与浓郁一一分类

牧草开始返青，天山脚下

不知名的花随着我的心情

相继开放

黄、白、紫、蓝、红

色彩自由起伏在我的画布上

就像名贵的绸缎

或是温润灵秀

或是雄强厚重

在美景之下，我无须等待

也无须去雕琢

马踏大地的声音

百鸟低鸣的声音

风吹丛林的声音……

跃然于纸上，我明白

此时，我才真正走进这片圣地

浩浩荡荡的新疆山川

在我的笔下清秀而有骨感

我多想一直漫步在这大漠边疆

以线立骨，以墨为韵

只有流畅和拙朴的线条

才能表现出新疆山川的气韵

在广阔无垠的大地上

做一位画家真好

在光与影的交织中自由绘制

等待温暖奇迹

绘出了一幅人与自然

和谐共处的山水画

与凡·高相遇（组诗）

色彩中的凡·高

> 我的冒险，不是靠主动选择，而是被命运推动。
>
> ——凡·高

悼亡、欣赏、敬畏，同样需要
仪式感。走进的阁楼
扬尘有些厚，夹板碎木
摇晃。这不是记忆中的北方茅草屋
却更像是争先恐后来陈述事实
走进凡·高，应始于字迹
或许连他的呼吸也流于笔墨间
静默后，翻开夹杂画稿的书信
字迹在泛黄处咧歪了嘴
那定是你琐碎时间里的倾吐
交代你眼里的色彩、足下的风光
以及隐秘的内心
而匆忙间唯有纸笔能让你恣意的内心
坦荡。坦荡成一条激流，
加些颜料汇出整个罗纳河上的星空
而通信只属于你的弟弟提奥
他是你离散家庭最后的支柱
也正因此，信里你调侃自己是荒野孤魂

好一个荒野孤魂，在阿尔勒的树木与花朵间
喷涌激情，如梦幻般画出机智的灿烂
从混沌走向灵知
在更为广阔的未知中走向麦田与农舍
忠于自然，忠于色彩

凡·高自画像

> 画家若想提高技巧,最快、最可靠的办法就是画人物。
>
> ——凡·高

买卖艺术品的少年走进

教室,教孩子识字、诵读

此时被叫作老师的凡·高

心事循环于血液

走向教堂,与各类神职人员

站成了一排。举目遥望

满载泥炭的驳船和长满鸢尾花的沼泽

凡·高的心早已沦陷在色彩的泥沼里

褪去浮华,面向镜中

以盲人的视角审视自我

试图数清每根毛发

光线通过棚子的缝隙流泻到身上

眼睛、鼻子、耳朵,轮廓清晰

此刻正如在端详米勒的《拾穗者》

苦难与淳朴藏进了颜料

灵感躲进光影,皆被他极速捕捉在画纸上

哦!英俊的男子——凡·高

跋涉在体内的色彩,喷涌而至

疯狂的白羊在画纸上奔腾
陌生、惊愕，目光急速
搜寻熟悉的印记
来不及想象那肆意而茂密的绿意
自画像早已挂满墙

素描《煤商咖啡馆》

光线从破碎的窗户投射进来
疲惫落在盥洗台上
抬头，镜中人零落成霜
飘散在静秋丛中
凡·高以开阔的广角构图
捡起忧伤飘零的叶片
轻叹艺术是善妒的情人
穿过淡淡薄雾
站在村庄的屋顶上
远眺教堂的尖顶
继续挖掘：播种者、犁田者、叫卖者……
那些打趣的矿工
他们走出煤矿，踩着灵魂里的一团火
走进咖啡馆，身份即是顾客
在一杯咖啡里热议时政
醉酒后，不忘画个十字，虔诚
祈祷
在煤商咖啡馆外的烟囱下
还有脾气古怪的矿工粗暴指责
等烟味被空气冲淡
凡·高接过矿工紧握的草图
以一种更清醒的、严肃的情绪
勾勒出劳作造就的身躯
在被速写的神情里绘出虔诚信仰

油画《麦田里的乌鸦》

盘旋头顶的乌鸦
疑似族群散落的孩子
凌乱低飞于长着石楠的荒地和松树林
眼里掠过太阳色麦田
张着口，说不出甜美的话
它们飞不到地面，躲不进麦穗
所有的花期已过
而你仍是那个寻找色彩开花的人
堤坝、风车、村庄，沿着云的轨迹
神秘得像盛开的花
在星空下芬芳，每个叶片都在说着话
诉说村庄，诉说遥远的故事
而所讲述的事迹，死去后成了传说

油画《盛开的杏花》

镜中凡·高辨不清年岁
情绪波澜照出的面孔更像是远处的人
尘土朦胧而上，灵感躲在光线里
没有浊酒一壶，就将烦躁留给
破损的画笔
爬上屋顶，晒着太阳，瞥见的苔藓
最低等的高等植物
栖居在半裸的石壁下
邮差鲁伦的信件掠去凡·高满目萧然
侄子的诞生，让他看到信件外
橡树围绕，这足以安抚
他笔下的孤独、混乱、绝望
喜悦缠绕在枝干间，鲜花丛生
粉白柔嫩的花瓣就如新生的孩童
屋前流过的春水正如孩子的明眸
画下凡·高所有的深情

油画《阿尔的郊野》

凡·高就是一幅朴素的作品
而所有的琐事，只能堆积在信中
寄给遥远的知己
唯一的亲人——提奥
单纯、狂热、执着留在目光中
望向阿尔的郊野，凡·高依旧孤身一人
拖着受伤的翅膀，追逐那道色彩的光芒
在麦田上空奔跑
如离世的雁群寻找归途
调完色的画板，是波动起伏的地平线
折射出你的过去
包括你死后的那声枪响
我在面向麦田的方向呼喊
翻阅你的绝命书遇见你熟悉的人
讲述你在俗世的生活

凡·高：割耳之谜

在泰晤士河畔的小村子
凡·高信中的女人弹过的簧风琴
妖娆或华贵在素描中难以知晓
爱情，一场内心的较量与修行
越走越宽的路径，也最孤独
而这种孤独注定一个人走到底
凡·高割下耳朵，送给漂亮的妓女拉谢尔
高更愤然离去
而他只是缩影里的一只狐狸
尖酸、刻薄、偏执、傲慢
却在颜料中慈祥无比
仰起脸，望出疲惫
凡·高说：红色、蓝色，或者更鲜艳的颜色
能装点情绪
蜿蜒而上，不停思索
在一切可能的路径中生长
将寂静翻出波澜
足以喂饱一匹马，让它去流浪、飞奔
画下胸腔内的风景，在骨骼间窜动

探寻临汾（组诗）

壶口瀑布

在壶口瀑布
万物的声音消隐了

无数的力互相撞击
一下接着一下
从上而下，从下而上
撞击的力交织在循环的波涛中

撞击声一声比一声更有力
此刻的咆哮声
只是万物声中的一种
无数浪涛声涌动
一浪接着一浪向前

在壶口瀑布
每个浪花成为一个声源
更像一个谜
观壶口瀑布的人
也在波涛声中
构筑自己的河流

大美乾坤

站在乾坤湾远眺
相信无数跋涉者
脚步从左岸还是右岸开始
都是一样的虔诚

你看！乾坤湾的弯度
映出巨龙的影子
囊括宇宙的奥秘
在日月星辰间
以母亲怀抱的姿势
给予万物升腾的力量

坐在乾坤湾的一块巨石上
面向峭立的崖壁
作一首诗
词句沿着乾坤台、伏羲亭
太极桩、碉堡、达瓦场……
去触摸神话传说
同时去猜想
被侵蚀崖壁的前世今生
相信脚步无法通往的远方
诗句可以
此刻，我想在乾坤湾
做一回孩子
在母亲河的怀抱里

仰头大笑
让青春沿着蛇曲地貌
奔腾，奔腾，奔向故乡

天下永和

在永和县，所有的智慧
不如一个"和"字

地域之美，融在一个"和"字
足以包罗万象
千年古县傲立在吕梁山脉
吸引无数探秘者
他们跋涉千里而来
终究在悟道的路上
自我修行
合二为一

宇宙之大离不开和
每个人的过去都是谜
不断游历，在行迹中
寻找答案

所有的远行
都是一场修行
在契合内心的风景中
修自身、修远方
风景里的密码
同样等待丈量大地的行者去破译

近观黄河的奔涌

生命的搏动
在壶口瀑布如此清晰
宛如诗人内心起伏的词语
暗含波涛

每条河流的生命之歌
由无数波涛来定义
作为一个在笔下寻找乾坤的人
转身，剖析内心
在生活的汪洋中我并不孤独
历经波折才有的顿悟
正如壶口瀑布的激流

近观黄河的奔涌
也是在观内心
不完整的情绪流进黄河水中
风浪再大，也难以盖过一颗
生长的心

初遇神秘冰洞

在无处可躲的夏日
走进云丘山天然冰洞群
无数冰花盛放
大自然的降温方式朴素而唯美

冰瀑、冰柱、冰笋、冰钟乳……
让我想到漂浮云端的雪山
这些酷夏最绝美而难遇的意象
是古老河流的延伸

在一方天地
冰雪以不同的姿态
在倒影中盛放
等待探访者携带的词语
在这里留下天南海北的故事

冰川储存水，也缔造神话
想要抵达冰川深处的人
背上扛着一座山
只有一座山寻找另一座山时
才能在神话中破解更多谜题

品读资阳（组诗）

字库塔

乘电梯到达字库塔的顶端
省去攀爬的艰辛
自然也与文字里的奥妙拉开了距离

被我忽略的古韵
一些是遗留在字库塔台阶上的书法
蜀人原乡的精髓
屹立在横竖撇捺间
苍劲古朴的意韵
让飞过头顶的大雁有了豪气

生命总是在坚强处沉静
出走既是回归
而今，一眼乡愁无处诉
请雁群将我的情感排在"人"字形里
所有的喧嚣将在步子下宁静
或许，那也是一场骨肉亲情间的相逢

阵痛铺设在路上，蜿蜒曲折的都是心事
深邃的事物在目光以外
夜幕下，谁还不是一条激荡的河流？

汉代青铜车马

风是黄昏的情郎
交汇的色彩溢出甜蜜的味道
马儿撒野，狂奔，飞腾
所有的肢体动作
都在讲述灵动与自然

古城的记忆，美的恣意
资阳汉代青铜车马
走出久积的土地，一声长啸
便有，钟灵毓秀之德
坐暖资阳九曲河畔

我想起可可西里的一匹马
枣红色或者黑色
绝对是一匹俊俏的马儿
奔腾，狂野，在篝火旁打盹
梦中追逐一对蝴蝶，追逐一片祥云
与不知名的事物和解，闭上眼睛省略黑夜
将星空的璀璨悬挂在太阳的边上
臆想所有的美好

蜀人原乡广场

从蜀人原乡广场望去
万物涌动，太极下草木富有神韵
在宏图中看到未来美好景象
也让我想起，游走异乡的人
如若，活在疯狂的梦中
连呓语中都在告诫自己
将喧闹活成慈悲
那迷失于足下的定是
一匹野马
就像流浪的人，除情感之外
词语几乎能构建一系列故事
孤寂是喧闹的归宿
黎明间交织的秘密，如一杯水的宁静
透过杯底，错杂的事物争相堆积
站立在未来的人
若面庞与骨骼同时衰弱，你将在何处寻找救赎？

临江寺豆瓣

从高原走进盆地
明媚里构造一种生活
做黄昏的孩子，留下苍生的笑脸

湟水河，流向沱江
深处是巴颜喀拉山脉的问候
马背上的女子
血液深处是雪域圣地的不羁
迈着高原的大步子，自有一股风情

在蜀乡做一回行吟的诗人
循着圣贤的步子，书写蜀人原乡
笔墨间所有的情绪搅拌在临江寺豆瓣里
连同生活的琐碎放置在其中腌制
随着豆瓣香走进古巷深处

豆瓣的身后是条长龙
黎明前隔绝尘世的喧嚣
请两口千年古井迦叶菩提做龙眼
带一瓶豆瓣走进雪域圣地
临江寺豆瓣，将此行的美好锁在手工技艺中

诗意文成（组诗）

今夜住树屋

在山水与云雾间
推开一扇门
走进高山上的树屋酒店

我与夜色相对，荡着秋千
在百年老树的纹理中
寻找日落的踪迹
透过玻璃窗，只见一盏灯
点亮原始丛林，让万物的静谧
向光聚拢，此时美恰到好处

生长在屋子里的树
抖擞精神，用绿叶证明价值
交错的枝干伸出墙外
采撷星空的灿美赠予我
让我心隐于谷
打捞藏在山水间的诗句

今夜就拥满天繁星入眠

让流星带走无数积攒的心愿

让我轻盈一身

在深秋的一场梦里

与隐心谷的百花起舞

把诗意留给清晨的鸟语花香

云顶山观日出

日出前，诗人裹紧风衣
攀登云顶山
想在山头找准位置
拍下最震撼的日出瞬间

在山腰处，叫醒第一颗露珠
道声早安，迎风向前
站在比太阳高的位置
选好相遇的角度
羞怯或是兴奋，皆隐于眸光

等待一场相逢，远比想象惊艳
俯视、仰视，甚至能从光影中
听到山庄苏醒的声音
与日出相遇的诗人
走下山身披一束光
不是诗人在寻找光
而是光在寻找诗人

若惧怕风霜，美景皆在梦中
省去辛劳，人生也省去选择

玉壶慢，稻草鲜

在玉壶镇，时间脱去外壳
撇弃匆忙
只剩下静与雅

诗人们在巨大的蜗牛怀里
听王书记讲侨乡镇的故事
试着以碎小的步子
感受城郊野趣

迎面的稻草堆
在风中咧开嘴大笑
堆放五谷丰登的喜悦
将岁月静好移交给秋天

诗人们站在稻草间
像极了玉壶镇的儿女
与稻草追逐、交谈，甚至
将情话留给草木

多种色彩交织在照片中
像极了大地脱口而出的诗句
藏着无数玉壶镇的影子

铜铃山

一进峡谷，笔下的意象
在百鸟的争鸣中
扑扇翅膀，冲进铜铃山
比我的心情还要激动

远观谷中碧潭
脑海中，诸多神话
串联在一起
紧紧包裹着铜铃山
让我看不清深秋的醉意
只见纷飞的红叶

壶穴瀑布以不服输的姿态
亮出自己的杰作
等待着挑战者
而我站在谷底，抬头望去
诗行早已站满岩壁

百丈漈

百丈漈三折瀑布
从上往下走或从下往上走
行走次序如同人生经历
起伏处皆惊艳
游玩百丈漈，你将看到
一步一景
心随景变
三种境界从内向外延伸
爬一次山，有些遗憾
不再是遗憾
清晰记得向下比向上更艰难
甚至会记住每向下的一步

新疆诗篇（组诗）

赛里木湖

一种接近天空的蓝
从赛里木湖升起
一层缠绕一层
在大气中生长
所有的蓝层层交织
如魔法般，从眼睛进入心底
将所有的色彩留在涟漪中
向生命灿烂处探索

这让我想起伪诈的恋人
享受过温柔后
跌倒在自己虚构的影子里
去拥抱那个未曾出现的他

爱也会褪色，渐渐枯萎
追寻的方式浪漫而甜蜜
而离开的背影决绝而冷漠
一场相爱只能远距离相望
迷人的谎言
往往难以靠近灵魂

伊犁大草原

神秘的事物，在伊犁大草原起落
缠绕在一层层光线中
像战士、像牧马更像我们此刻的样子

一个灵魂追着一个灵魂奔跑
在一望无际的草原上
用心倾听彼此的心跳
再也没有一刻比此刻更寂静

明月高悬，我们在毡房对饮
所有的话
凝固在彼此的眼神中
此刻是宁静的也是燃烧的
在星空下岁月宁静而久远
不能说想念，不能说欢愉

恰西草原

爱你是寂静的
枕着河流声，将思念
放在毡房

爱你的博大与宽广
也爱你的沟壑纵横
爱你如清晨溪水的流动
静谧而长远

在起伏的心脏中
放下你的名字——恰西草原
让生的希望拔地而起
有些爱不能说出口
适合留在风景中
长成为草原的一部分

所有生命能承载的重量
此刻，不再遥远
奔涌而出

走进阿克苏

驱车前往阿克苏，雀跃的心
早已飞往鸟的天堂

远方的美景曾以千万种方式
进入梦境
阿克苏向我挥手，召唤着我
一场际会相约在梦里梦外

我相信秋天带来的口信
天鹅、海鸥、白鹭、绿头鸭……
扑扇生命的翅膀，等待我前去会合
相遇的无数奇迹，早已在梦中留下影子

此刻只等丈量大地的步伐
前进吧，穿越独库公路
置身阿克苏，满眼的原始与富饶
不需要过多的赞词

到达湿地公园，百花池边
芦苇粗壮占据阿克苏风水宝地
远观像一片绿宝石
衬托百花的淡雅与柔和

登上观鸟楼，张开双臂
拥抱向我飞来的鸟群
它们用最热情的表达方式
迎接我这诗人的到来
我们彼此都曾为相遇等到秋叶纷飞

此刻让所有的等待不再遥远
所有的想象不再在空白间游离

皇宫湖的静与美

抵达阿克苏，黄昏刚好停在额头
苍穹之上满是吉祥的气息
远观、近观，皇宫湖的静与美
此时不适合用言语去打扰
飞鸟叫出秋日的明艳
翅膀掠过湖面，留下一束光
映出阿克苏生长的影子
以及背后千万建设和守护家园的人民
你看！落日照亮大地，慢慢拉开画布
转个身，叫醒酣睡枝头的鸟
让它以歌喉让鸟兽鱼虫摆好造型
等待落日蘸取大自然的色彩
将巨幅油画留在皇宫湖纸上
记录崛起的阿克苏

生命是一场彼此的遇见

——《照进彼此》后记

马文秀

　　诗集《照进彼此》收录了我 2016 年—2023 年近七年创作的诗歌，"七"是一个有趣而神秘的数字。这七年的创作让我在时间与空间中保持不断更新，在已知与未知的空间里逐渐发现自己，完善自己，塑造自己。我的诗歌技艺在这七年的时间里也日渐成熟。

　　我是一个向往远方、喜欢行走的写作者。我认为，万物皆是路标，诗意的远方为我打开了思维的视角，生活的历练为我的诗歌写作注入了活力。一是不同地域的人文与地理成了唤醒我内在创作的驱动力，途中所有的遇见成为我文学创作的富矿。二是在生命的每一场彼此的遇见中，我发现了山水的空灵，人性的善良，以及不同民族的文化信仰和生存方式。人们的境遇不尽相同，但是他们有着共同的喜怒哀乐。这种遇见让你我互为镜子，照进彼此。相遇时的真挚，成为我通往写诗的道路。诗中也自然流露出相遇时的感动，那份感动存在内心，成为我写诗的灵感源泉。三是在这本诗集中有我朋友、家人、陌生人的影子，同样他们也是奋斗者的身影，他们热爱生活，在不同的行业做出不凡的贡献，在我看来他们是民族的风景。

　　《照进彼此》可以说，是我在不断游历中挖掘诗意生活，诚挚记录诗意生活的笔记。人世间，你的热爱也能换回你需要的爱，包括你的文字。

《照进彼此》思想上的内核，其实，是我对人世间这座富矿的倾力挖掘。只有越深入的挖掘，才能越接近生活的本质。当然，写作更重要的是向内挖掘，深入内心，挖掘自己的潜能。我喜欢在大自然中提取诗意，在诗歌中书写自然与人、人与人、自然与自然之间的关系，自然催生出的诗句，成了我与自然对话的一种方式，这种方式让我与自然融为一体。

　　人需要回归自然，这本诗集就是我一次旅行的认知与回归自然的开始。《照进彼此》付梓出版，只是我诗意的一个标点，这个标点显然是逗号。谨以此书献给所有支持和帮助我的诗友。

2023 年 3 月 13 日

图书在版编目（CIP）数据

照进彼此 / 马文秀著 . — 南昌：百花洲文艺出版
社，2023.3

ISBN 978-7-5500-5018-1

Ⅰ . ①照… Ⅱ . ①马… Ⅲ . ①诗集 – 中国 – 当代
Ⅳ . ① I227

中国国家版本馆 CIP 数据核字（2023）第 056689 号

照 进 彼 此
马文秀 著

出 版 人	陈　波
策划编辑	朱　强
责任编辑	杨　萍　田　瑞
书籍设计	刘邵玲
特邀编辑	刘　蔚
出版发行	百花洲文艺出版社
社　　址	南昌市红谷滩区世贸路 898 号博能中心 I 期 A 座 20 楼
邮政编码	330038
经　　销	全国新华书店
印　　刷	北京盛通印刷股份有限公司
开　　本	880mmx1230mm　1/32　印张 7.25
版　　次	2023 年 12 月第 1 版
印　　次	2023 年 12 月第 1 次印刷
字　　数	210 千字
书　　号	ISBN978-7-5500-5018-1
定　　价	69.80 元

版权所有　侵权必究
赣版权登字　05-2023-82
邮购联系　0791-86895108
网　　址　http://www.bhzwy.com

图书若有印装错误，影响阅读，可向承印厂联系调换。